DIX NOUVELLES.

II.

DIX NOUVELLES,

Par Madame Is. de MONTOLIEU.

Pour servir de suite à ses *Douze Nouvelles*,
et à son Recueil de *Contes*.

~~~~~~~~~~~~~~~~~~~~~~~~~~~~~~~~~~~~~

TOME SECOND.

~~~~~~~~~~~~~~~~~~~~~~~~~~~~~~~~~~~~~

2238

A PARIS,

Chez J. J. PASCHOUD, Libraire, rue Mazarine
N.º 22.

ET A GENEVE,

Chez le même, Imprimeur-Libraire.

~~~~~~~~~

1815.

DIX NOUVELLES.

SIXIEME NOUVELLE.

LA RENONCIATION,

OU LA PLUS BELLE PERSONNE DE BERLIN.

Près de vingt mille écus, Charles, disais le riche d'Ahler à son fils, c'est cependant une belle somme, et je t'avoue que j'ai peine à me décider à renoncer à cet héritage. Nous sommes déjà assez riches, me dis-tu, et cet accroissement de fortune n'ajouterait rien à notre bonheur ; je conviens de ces deux vérités, mais cela vaut au moins la peine d'y réfléchir, et de ne pas s'exposer à un repentir tardif en rejettant ainsi le

Tome II.   1*

bien que Dieu nous envoie. Penses-
y bien mon fils.

Non, mon père, répondit vivement le jeune homme, je suis bien
sûr de n'éprouver jamais aucun regret
là-dessus. Grâces à vos bontés, j'ai
plus d'argent que je ne puis en dé-
penser, et......

Oui, oui, je le sais bien, lui dit
son père; tu n'as pas le goût de la
dépense, je suis plutôt obligé de
t'exciter là-dessus que de te retenir;
j'aimerais que tu te fisses honneur de
notre richesse, plutôt que d'employer
ton argent secrètement, en bonnes
œuvres, il est vrai, mais qui le sait?
Tu ressembles à feue ma mère; elle
était dans sa maison un modèle
d'ordre, d'économie, n'aimait point
le luxe, ne s'accordait aucune fan-

taisie, et son seul plaisir était de donner à ceux qui en avaient besoin ; sa bourse était ouverte à tous ses amis et à tous les malheureux. Mais pour ce plaisir même l'abondance de bien ne nuit pas, et plus on a, mon fils.....

Et moins on donne, ajouta Charles en souriant. N'avez-vous pas remarqué souvent, mon père, que l'excès des richesses endurcit le cœur ? on est alors si loin du pauvre qu'on ne pense plus à ses besoins, et l'on s'en trouve dont on ne se doutait pas ; voilà surtout le risque que je ne veux pas courir : si, en effet, comme vous le dites, j'ai le bonheur de ressembler à ma bonne grand'-mère, je ne veux pas être plus riche qu'elle, de peur d'altérer cette ressemblance.

Tu l'es déjà beaucoup plus , répondit M. d'Ahler avec un air de satisfaction. Mon grand père commença notre fortune , mon père la doubla , moi je l'ai triplée ; tu es mon seul enfant, et si tu continues à vivre comme tu le fais , tu ne dépenseras pas la moitié de nos revenus : ainsi , fais comme tu voudras pour cet héritage , je te l'abandonne ; songe cependant que tu ne serais peut-être pas si indifférent sur le chapitre de la fortune si tes dispositions venaient à changer sur un autre article , comme tu sais que je l'ai souvent désiré. — Sur quel article , mon père , demanda le jeune homme avec embarras ?

Eh vraiment ! cela ne s'entend-il pas de soi-même , sur celui du mariage ; tu sais combien tu me ferais plaisir d'y penser : mais tu parais avoir pris ton parti de vivre et de mourir célibataire.

Je vous assure, mon père, répondit Charles en soupirant, que, quelle qu'ait été ma conduite à cet égard, je n'ai pris aucune résolution définitive. — Tu aurais eu grand tort, mon fils. Une femme vaine et peu sensible t'avait séduit par sa beauté, elle t'a abandonné pour un rival qui lui promettait une existence plus brillante. Quatre années se sont écoulées dès-lors ; est-ce un motif suffisant pour renoncer à un autre établissement ? Songe que tu approches de ta trentième année, et que moi-même.... Mais je ne te presse plus sur ce sujet, et fais ce que tu voudras de ces vingt mille écus ; je ne

te demande qu'une seule chose. Il y
a long-tems que tu as envie de voir
Berlin, vas-y passer quelques mois;
tu te mettras au fait de ce qui con-
cerne cet héritage, tu t'informeras si
les autres parens méritent ce que nous
voulons faire pour eux : je ne les connais pas du tout, à peine même de
nom; d'après ce que tu en apprendras
sur les lieux, tu prendras le parti
que tu voudras; c'est à toi que cet
héritage devait revenir, je te laisse
le maître d'en disposer dès-à-présent;
mais je veux qu'il soit bien placé.

Le jeune d'Ahler était bien décidé
à céder cet héritage à ces parens inconnus, qu'ils le méritassent ou non,
si d'ailleurs ils en avaient besoin, et
il avait parfaitement raison. Le cousin
éloigné dont il venait d'hériter, était

cômme la plupart des riches qui ne
reconnaissent pour leurs parens que
ceux qui peuvent leur faire honneur,
ou par leur fortune, ou par la consi-
dération dont ils jouissent, et laissent
de côté ceux qui sont pauvres et dont
on ne parle pas. Retiré des affaires
depuis plusieurs années, aimant peu
le monde et la société, il avait passé
les derniers tems de sa vie dans une
terre éloignée de Berlin, allait rarement dans cette ville et sans y voir
personne; il avait absolument perdu
de vue quelques parens qui vivaient
ignorés dans cette grande ville, qui
ne le connaissaient pas et n'avaient
pas osé se rapprocher de lui. La
pauvreté est presque toujours timide
et craint d'être importune; mais il
se rappelait fort bien d'avoir ren-

contré dans sa jeunesse un cousin qu'on appelait déjà alors le riche d'Ahler; il n'avait conservé aucune relation avec ce parent, qui vivait à trente milles de Berlin, mais il savait qu'il avait un fils. Il faut, pensa-t-il, que ce jeune homme soit aussi appelé comme son père, le riche d'Ahler, et que ma fortune reste intacte entre ses mains, et ne se divise pas entre tous ceux qui pourraient y avoir droit et qui seraient alors à leur aise, et rien de plus; au lieu que si je fais héritier ce jeune homme, et que sa fortune paternelle et la mienne se réunissent, il pourra tenir un rang de prince, et cela fera honneur à ma mémoire. En conséquence, il nomma MM. d'Ahler, père et fils, ses légataires universels.

Quelquefois les parens d'un homme riche ne se découvrent qu'après sa mort , et c'est ce qui arriva cette fois. A peine le vieux M. d'Ahler eut fermé les yeux que ses parens de Berlin se présentèrent pour re-cueillir sa succession ; ils tenaient à lui du côté maternel, aucun ne portait le même nom ; ils auraient hérité par la loi s'il n'y avait pas eu de testament, mais il s'en trouva un en faveur du riche cousin d'Ahler qui les frustrait de toute espérance. Ils firent éclater leur plaintes, et l'héritier reçut à la fois la nouvelle de cette succession et celle des murmures des neveux déshérités. Le jeune et généreux d'Ahler témoigna tout de suite à son père son désir qu'une fortune sur laquelle il n'avait jamais compté,

★

et qui leur arrivait accompagnée des
soupirs et des larmes de gens qui en
avaient plus besoin qu'eux , ne fût
pas réunie à celle qu'ils possédaient
déjà , et suivît sa destination naturelle.
Le père alléguait l'intention du tes-
tateur , et le respect pour les der-
nières volontés d'un homme bien
libre de disposer de ce qu'il avait
acquis ; le jeune homme répc dait
que si son vieux parent avait pu
savoir le peu de cas que son héritier
faisait de cette richesse , il se serait
bien gardé de la lui laisser. Le père
résista ; le fils insista : ils résolurent
enfin de s'en rapporter à l'avis d'un
ami qui avait la plus grande influence
sur l'esprit de M. d'Ahler. C'était
un homme plein de sens, de droiture
et d'esprit ; complétement de l'avis

du fils , il employa pour persuader
le père l'arme toute puissante de la
vanité, qu'il savait l'emporter chez
lui sur l'avarice ; il lui parla du pro-
digieux effet que cette renonciation
ferait dans le monde ; il lui dit qu'on
le distinguerait désormais sous le
titre du généreux d'Ahler , et sut
ainsi adroitement tirer parti d'un
défaut pour faire une bonne action.
Et qu'on dise encore que l'esprit
n'est bon à rien ; la vanité obtint ce
qui avait été refusé à la justice et
même à la faiblesse paternelle. Le
jeune Charles d'Ahler partit donc
pour Berlin , et ce voyage qu'il désirait de faire depuis long-tems l'occupa plus qu'un héritage dont il faisait
le sacrifice avec plaisir. Il avait dans
cette ville deux amis de collége, qui

tous les deux étaient devenus des
hommes intéressans ; ils étaient mariés
et vivaient heureux et considérés au
sein de leur famille. Il soupira d'abord
en se rappelant que sans l'inconstance
de la seule femme qu'il eût aimée il
jouirait du même bonheur ; mais il
était si bien guéri de son amour, que
sa seconde pensée fut de se féliciter
d'être libre encore et de pouvoir
jouir à son aise des plaisirs de cette
brillante capitale. Ses deux amis l'in-
troduisirent chez les personnes de
leur connaissance. L'hospitalité et la
sociabilité reconnues des Berlinois,
les objets intéressans qu'on lui faisait
voir tous les jours, relatifs aux arts
et aux sciences, tout donnait à son
activité un mouvement dont elle avait
perdu l'habitude, et ranimait ses

facultés engourdies pàr la vie mo-
notone qu'il avait menée depuis plusieurs années ; il retrouva cette chaleur , cette vivacité de l'âge de vingt
ans qu'il avait souvent regrettée.

Il en fit l'épreuve un jour qu'il se
promenait avec ses deux amis sur le
Wilhelmsplate ; il remarqua de loin
une jeune personne , mise modes-
tement , qui venait de leur côté ,
et qui lui parut d'une figure charmante ; elle s'approchait, et son port,
et sa démarche , et ses traits en-
chantèrent Charles ; chaque mouvement développait une grâce de plus,
son émotion allait en croissant. Elle
passa à côté d'eux ; on se salua; les
yeux de la belle personne rencon-
trèrent ceux du jeune homme ;
l'expression qu'elle y remarqua lui

fit baisser les siens, et une douce rougeur l'embellit encore. Qui est-elle? comment se nomme la plus belle personne de Berlin? demanda-t-il vivement à un de ses amis. — C'est beaucoup dire, lui répondit celui-ci, la plus belle personne de Berlin!... elle est très-belle cependant, et je suis étonné de ne l'avoir pas encore rencontrée : il faut que ce soit une étrangère. D'Ahler la suivit des yeux aussi long-tems qu'il put la voir. Ses amis le plaisantaient souvent sur *la plus belle personne de Berlin.* Quand les sentimens ont encore quelque chose de vague, ils prennent aisément la teinte de ce qui les entoure; il répondait gaîment aux plaisanteries qu'on lui faisait sur la belle inconnue, mais dès qu'il était seul, ses dispo-

sitions devenaient différentes ; c'était
avec un espèce de serrement de cœur
qu'il se rappelait cette délicieuse figure, traversant le Wilhelmsplate
comme une apparition céleste. Il la
voyait toujours s'approcher, passer
à côté de lui, baisser les yeux en
rougissant, puis s'éloigner et dispa-
paraître. Il passait des heures entières
à la fenêtre de son auberge ; son
cœur battait dès qu'il voyait de loin
une femme qui pouvait avoir quelque rapport avec celle qui l'occupait,
et il en détournait les yeux tristement
lorsqu'en la voyant de plus près il
distinguait une autre figure que celle
qu'il appelait intérieurement, non-
seulement la plus belle personne de
Berlin, mais du monde entier. Chacun
se forme une idée de perfection ou

de bonheur auquel il désire d'at-
teindre sans la moindre espérance
d'y parvenir ; c'est là ce que Charles
éprouvait : cette pensée, je ne la re-
verrai plus, revenait sans cesse ; mille
sensations tristes et vagues s'empa-
raient de son imagination ; il se formait
dans sa tête un nouveau monde dans
lequel il devait rencontrer celle dont
l'image l'avait si vivement frappé qu'il
ne pouvait l'oublier, et que tous ses
plaisirs en étaient troublés.

Dès la seconde semaine de son sé-
jour à Berlin, il eut terminé ce qui
regardait l'héritage : aucune des personnes qu'il consulta à ce sujet ne connaissait particulièrement les quatre
familles que cette succession intéressait au même degré ; mais d'après
les renseignemens qu'il obtint, il put

cependant s'assurer qu'elles étaient toutes très-pauvres , mais honnêtes et laborieuses , et que cette fortune partagée entr'elles les mettrait dans un état d'aisance et de bonheur. Deux de ces parens étaient de petits marchands en détail , qui pourraient étendre leur commerce. L'autre, une veuve de pasteur , dont le fils plein d'espérance, s'entretenait avec peine à l'université en donnant des leçons ; sa mère lui envoyait de tems en tems quelques faibles secours, produits de son travail et de celui de sa fille. Le quatrième était maître d'école dans un village avec six écus par mois d'honoraires, et avait huit enfans à nourrir. Les trois pères de famille et la veuve se présentèrent au premier mot d'avis chez le jeune d'Ahler, avec

le désir et la modeste espérance d'en
obtenir quelques faibles secours ; il
fut vivement touché de l'expression
d'honnêteté et de vérité avec laquelle
ils lui exposèrent leur situation ; mais
lorsqu'il leur annonça que son intention était de leur rendre en entier
l'héritage de leur parent, ils se regardèrent les uns les autres d'un air
étonné, et comme croyant avoir mal
compris. Un des marchands eut même
des doutes sur l'état de la tête et de
la raison de Charles ; l'autre crut qu'il
voulait se moquer d'eux et de leurs
inutiles prétentions, tant les héritiers
de ce genre sont rares : mais lorsque
Charles avec un air de dignité calme
et réfléchie leur eut développé ses
motifs et dissipé leurs doutes, il en
résulta une scène de sentiment et

de reconnoissance qui fit couler ses larmes ; il était honteux alors de n'avoir fait que suivre les lois de la justice et de sa conscience , et d'y avoir aussi peu de mérite. Des sanglots, des lèvres tremblantes , des mains jointes , des yeux élevés au au ciel , des mots entrecoupés , des paroles sans suite , des bénédictions mille et mille fois répétées furent pour le jeune homme le spectacle le plus touchant. La veuve était tombée à genoux , non pas devant d'Ahler , elle oubliait tout ce qui l'entourait , et les mains jointes élevées au ciel , elle adressait des actions de grâce à celui qui a soin des veuves et des orphelins ; le maître d'école tout en larmes récitait des psaumes et des passages de la Bible.

Dès le lendemain le jeune et
généreux héritier confirma la ré-
nonciation devant la justice; il ne
conserva que quelques livres de la
bibliothèque du défunt, et laissa les
heureux parens partager entr'eux
tout l'héritage.

La situation d'ame où se trouvait
Charles après avoir terminé cette
affaire, s'accordait fort bien avec sa
pensée habituelle, l'inconnue de
Wilhelmsplate; il s'en occupait au
milieu des sociétés les plus brillantes,
et lorsque ses amis le raillaient sur
la plus belle personne de Berlin,
il les assurait très-sérieusement qu'il
pensait encore de même; et en dépit
de la galanterie, il le dit même devant leurs femmes, qui auraient pu
avoir quelque prétention à ce titre.

On conçoit que le nom d'Ahler était
en vénération chez les heureux héritiers, il était leur ange tutélaire.
Un des négocians lui demanda de
mettre le comble à ses bontés, en
acceptant une collation chez lui.
M. d'Ahler qui avait pris véritable-
ment de l'affection pour ces bonnes
gens, accepta de bien bon cœur
cette invitation, où il trouva une
réunion de famille. Rien ne fut
épargné pour lui prouver leur reconnaissance; ils paraissaient en avoir
autant de la faveur qu'il leur accordait par sa compagnie que de ses
bienfaits; ils en étaient flattés, ho-
norés; le respect fut le premier
sentiment qu'on lui témoigna. Quel
que soit le sentiment qu'on éprouve
pour un bienfaiteur, et lors même

que les cœurs volent au-devant de
lui, il y a cependant toujours une
espèce de réserve, de crainte, qu'un
homme si indifférent pour les biens
qu'on estime, ne le soit aussi pour
les sentimens qu'il inspire, et pour
tous les objets qui nous occupent et
nous intéressent. Les ames les plus
nobles ne sont pas toujours celles
qu'on comprend le mieux, et il est
aisé aux ames ordinaires de se tromper
sur les motifs qui les font agir.

Les hôtes de Charles d'Ahlér virent
bientôt que leur bienfaiteur était aussi
leur ami; son ton simple et sans prétention, l'intérêt, la chaleur avec
laquelle il s'occupait de tout ce qui
les concernait, dissipèrent bientôt la
réserve et la cérémonie; il ne perdit
rien de leur vénération, mais il s'y

joignit un sentiment plus doux ; on suivait ses regards, on était attentif à la moindre de ses paroles ; on cherchait à prévenir ses désirs, à les deviner. Il demanda un verre d'eau à l'aîné des enfans de son hôte ; l'enfant fut transporté de plaisir de lui rendre ce léger service, et s'en vantait à ses frères. D'Ahler s'entretint amicalement avec tout ce qui composait cette réunion de tout ce qui les intéressait ; il les écoutait avec attention, et leur demandait des éclaircissemens sur le degré de parenté qu'il y avait entr'eux, et parut apprendre avec joie qu'ils étaient plus rapprochés qu'il ne l'avait cru. Il leur fit des questions sur leurs projets, leur donna d'excellens conseils, et leur dit qu'il espérait qu'à l'avenir ils ne lui seraient plus étran-

gers. Ils regrettèrent de n'avoir pas
osé amener tous leurs enfans, même
les plus jeunes, pour les lui présenter :
le maître d'école lui dit que, s'il avait
pu imaginer qu'il aimât les enfans
autant qu'il le paraissait, il lui aurait
amené trois petits garçons qui décli-
naient à merveille, et trois filles qui
savaient une quantité de fables. —
Mais cela peut se réparer, dit le frère
de l'hôte qui régalait, et si M. d'Ahler
veut nous faire l'honneur et le plaisir
de dîner demain chez moi, il con-
naîtra tous les individus grands et
petits d'une famille qui lui est à
jamais dévouée. Au moment où
Charles acceptait cette invitation, la
porte de la chambre s'ouvre ; une
jeune personne entre avec précipi-
tation, un grand chapeau de paille

la cachait à demi : elle salue d'une inclination de tête toute la compagnie, puis avance vers d'Ahler d'un air à la fois animé et modeste. C'est ma fille, c'est ma Sophie, disait la veuve; c'est ma nièce, disait l'hôte. Charles n'entendait rien, il était au ciel, c'était la *plus belle personne de Berlin*, son inconnue de Wilhelmsplate. Elle avait pris les mains du jeune homme, et les serrait doucement dans les siennes. Oh! Monsieur, lui disait-elle avec l'expression la plus touchante, vous avez séché bien des larmes, vous avez fait bien des heureux; le ciel vous bénira! et moi... toute ma vie.... Mon frère, mon bon Frédérich.... grâce à vous, il vivra près de nous... que ne vous dois-je pas!.... Ses larmes alors

coulèrent en abondance et arrêtèrent
sa voix. Elle essuya ses yeux, ils se
fixèrent sur d'Ahler, elle eut l'air
alors de retrouver dans sa mémoire
les traces d'un souvenir, de se rappeler des traits qui ne lui étaient pas
inconnus. Mais qui peindra les transports du jeune homme? Dans l'excès
de sa surprise et de son émotion il ne
pouvait articuler un seul mot; c'était
elle, il ne pouvait s'y méprendre,
et son trouble augmentait à chaque
instant. Il put enfin recouvrer la
parole et lui dire combien il était
heureux d'avoir pu obliger une personne qui lui avait fait une impression
ineffaçable; il lui rappela leur rencontre à Wilhelmsplate. Ah ! oui,
dit-elle en rougissant, c'est donc là;
je savais bien que je vous avais déjà

vu quelque part, et j'eus, je crois,
le pressentiment de tout le bonheur
que vous avez répandu sur nous. Le
lendemain je partis pour passer quelque tems auprès d'une amie qui m'est
bien chère, et que vous avez aussi
rendue bien heureuse. Ma mère nous
écrivit son bonheur, et que son
Frédérich ne s'éloignerait pas ; il
devait aller remplir une place d'ins-
tituteur, qui le séparait de nous
pendant bien des années ; à présent
il restera, et mon amie deviendra
ma sœur ; jugez, Monsieur, de ma
joie. Je voulus revenir d'abord partager aussi celle de maman; je viens
d'arriver; j'ai su qu'elle était ici avec
notre bienfaiteur, je suis accourue,
et... et... Je vous ai bientôt reconnu
pour celui que j'avais rencontré et à

qui j'avais trouvé l'air si bon , si
sensible, et mon bonheur en a aug-
menté.

Celui de Charles était à son comble;
cette aimable franchise, cette naïveté
ajoutait mille charmes à *la plus belle
personne de Berlin*. L'effet qu'elle
produisit sur lui n'échappa à aucun
des spectateurs; ce bon jeune homme
n'avait jamais su cacher ce qui se
passait dans son cœur , pas même
à celle qui y était la plus intéressée,
et qui en éprouvait autant de son
côté. Le tems s'écoulait sans que
personne s'en aperçût; il était minuit
lorsqu'on se sépara, avec la promesse
de se revoir le lendemain. Sophie
dormit peu cette nuit-là, une douce
inquiétude chassa le sommeil de ses
paupières. Ce n'était pas ainsi qu'elle

s'était représenté l'excellent parent qui leur faisait un tel sacrifice ; en apprenant qu'elle n'était plus pauvre, elle n'avait pu s'empêcher de penser au charmant étranger qu'elle avait rencontré, et de se dire que si elle devait un jour se marier, elle voudrait que son époux eût cette tournure et cette physionomie : elle le pensait encore, mais elle ajoutait à présent, et aussi qu'il eût le cœur et l'esprit de mon cousin.

A peine fut-il jour le lendemain que d'Ahler courut chez ses deux amis pour leur faire part de sa découverte, et à peine était-il midi qu'il vola chez le négociant qui l'avait invité : il y trouva ses autres parens avec tous leurs enfans ; le maître d'école tout fier de lui en présenter

la veuve sa belle Sophie,
encore par le sentiment
mait. Les heures s'écoulèrent
avec la même rapidité que la veille.
ll en st de l'amour comme d'un beau
us, il est diciffile de déterminer
le moment précis où il commence
et de le suivre dans tous ses progrès;
chaque printems a un caractère et des
nuances qui lui sont particulières; leur
développement ne se fait pas sentir
pendant qu'il s'opère; mais lorsqu'il
est terminé, un bouton fermé le matin est ouvert à midi, et cependant
l'œil ne saisit jamais l'instant précis
où le bouton s'ouvre. L'admiration,
l'amitié, l'intérêt deviennent de
l'amour sans qu'on puisse indiquer
l'instant où ce changement a lieu :
celui de Charles s'avançait, crois-
sait sans qu'il sût lui-même comment.

La même chose se passait dans le cœur de Sophie ; ils surent l'un et l'autre qu'ils s'aimaient passionnément, sans s'être aperçu du moment où ils l'avaient senti.

Les amis de d'Ahler approuvèrent son choix lorsqu'ils connurent l'aimable personne qui en était l'objet, et un mois n'était pas écoulé depuis son départ de la maison de son père, lorsqu'il lui demanda son consentement pour la plus douce des unions. Le printems et l'amour passent rarement sans orages ; le vieux d'Ahler désirait beaucoup que son fils se mariât ; cependant il eût bien des objections à faire, et sur la fortune et sur le rang...... Il fallut le témoignage des amis de Charles ; l'un d'eux était neveu du premier

ministre, et par conséquent il avait
une grande influence sur l'esprit du
vieillard, dont le faible était la vanité. Enfin, il donna son consentement, parce qu'on lui assura qu'il
serait très-flatteur pour lui d'être
le beau-père de *la plus belle personne de Berlin*.

Les deux mois fixés pour le sé-
jour de Charles dans cette ville n'é-
taient pas finis, lorsqu'il amena dans
la maison paternelle sa belle et jeune
épouse et sa bonne mère. Le vieux
d'Ahler vint quelques milles au-devant d'eux ; la vue de Sophie dis-
sipa au premier moment tout ce qui
pouvait lui rester de scrupules, et
peu de jours après, il dit à son fils
en lui serrant la main : L'héritage
auquel nous avons renoncé nous a
valu un trésor.

C'était en effet un trésor ! si les années lui ont fait perdre de son éclat, il a toujours conservé son prix. Le père témoin du bonheur de ses enfans rajeunissait tous les jours; il regardait fièrement autour de lui lorsqu'il donnait le bras à sa belle-fille, et il semblait dire à tous ceux qu'il rencontrait : *voilà la plus belle femme de Berlin*, et elle est ma fille.

Le frère de Sophie épousa son amie, et vint s'établir dans la même ville que d'Ahler, pour ne pas se séparer de sa mère et de sa sœur. Il n'existe pas deux couples et deux grand-pères et grand-mères plus heureux, et c'est aux vertus désinté-ressées de Charles d'Ahler qu'ils durent leur bonheur.

SEPTIÈME NOUVELLE.

MONTFORT et ROSENBERG.

ANCIENNE CHRONIQUE.

—

LE Comte Godefroi de Monfort,
et le baron Everard de Rosenberg,
étaient amis intimes et frères d'armes : leur liaison s'était formée lorsqu'ils étaient pages de l'empereur
Fréderic Ier, elle se continua dans
les camps, où ils eurent plus d'une
occasion de se sauver mutuellement
la vie; ils se croisèrent ensemble, et
allèrent guerroyer en Palestine. Après

avoir combattu glorieusement les ennemis de la foi, ils revinrent dans
leur patrie reprendre possession de
leurs antiques manoirs; malheureu-
sement ces domaines étaient séparés
par une distance que l'amitié même
la plus dévouée ne pouvait pas fran-
chir bien souvent. Le château du
comte de Montfort était situé sur
les frontières de la Suabe et du Tyrol, celui du baron de Rosenberg
sur les frontières de la Bohême; plus
de deux cents lieues, et une affreuse
route, tenaient éloignés l'un de l'autre
deux amis qui ne s'étaient pas quittés
un seul jour depuis leur enfance;
mais leur destinée et les mœurs de
ce tems-là, les obligeaient à vivre
et mourir dans la noble demeure
de leurs ancêtres; et ils n'imaginèrent

pas plus la possibilité de se rapprocher que celle de s'oublier.

Leur projet à tous les deux était
de se marier en arrivant chez eux,
pour perpétuer leur antique race,
et récompenser la fidélité de la
noble dame de leurs pensées, car
leur choix était fait avant leur départ pour la Terre-Sainte, et dans
ces tems-là le premier choix était
pour la vie. Cent fois en parlant de
leur retour dans leur patrie, du lien
qui les y attendait, de leurs chères
Blanche de Hallwyle, et Clara de
Stein, ils s'étaient solennellement
promis, que si le ciel bénissait leur
union par des enfans d'un sexe diffé-
rent, ils ne feraient qu'une seule
famille, et qu'ils les marieraient ensemble (leur chimère et leur désir

était d'avoir chacun un fils et une
fille, et de confondre ainsi par deux
alliances les noms de Montfort et de
Rosenberg. Ce projet confirmé par
mille sermens avait rendu leur sé-
paration moins douloureuse, le plaisir
de retrouver leurs belles fiancées
vint encore l'adoucir. Ils se marièrent
le même jour à deux cent lieues
de distance, et plus d'un wieder
komm (1) furent vidés à la santé l'un
de l'autre, et à la réussite de leur
projet.

Ils ne tardèrent pas à en avoir au
moins l'espérance; le baron Everard
eut un fils au bout de l'année, et l'année
suivante la belle comtesse de Mont-

---

(1) Grand gobelet dont on se sert dans les
fêtes en Allemagne.

fort accoucha d'une fille, à la grande
satisfaction de son époux : elle fut
nommée Blanche ainsi que sa future
belle-mère. Le lendemain de sa naissance, son père la fit peindre en miniature ; ce portrait qui ressemblait
à tous les enfans au maillot fut monté
dans un médaillon d'or, entouré de
diamans. Il fit graver derrière ces
mots : *Blanche de Montfort promet son cœur et sa main à Lorédan de Rosenberg.* Son écuyer
Urbain fut chargé de porter ce présent au château de Rosenberg, avec
la lettre suivante : « Mon cher Eve-
» rard, le premier de nos vœux est
» réalisé, l'épouse de ton Lorédan
» est née, le ciel a accordé une fille
» à mes vœux ; elle sera la tienne,
» et je n'ai plus de droit sur elle.

» C'est à mon tour à-présent d'avoir
» un héritier de mon nom, et le tien
» de lui donner une compagne. Le ciel
» qui reçut nos sermens en protégera
» l'exécution; nos fils, Rosenberg,
» seront braves comme nous, nos
» filles belles et vertueuses comme
» leurs mères : ainsi le cœur de nos
» enfans sera d'accord avec notre
» volonté. Ma petite Blanche est
» charmante, tu peux en juger sur
» son portrait que j'envoie à son
» époux; je ne doute pas que Lo-
» rédan n'ait aussi tout ce qu'il faut
» pour lui plaire, et j'en espère autant
» de ceux qui sont encore à naître,
» de mon fils et de ta fille;
» tout ira au gré de nos désirs, les
» enfans d'Everard et de Godefroi
» doivent s'aimer. J'offre mes hom-

» mages à ta belle Blanche ; je la
» prie de me donner une bru qui
» lui ressemble ; j'embrasse mon gen-
» dre, je lui enverrai son épouse
» dès que mon fils sera né, ce qui
» ne tardera pas plus de deux ou
» trois années, lorsque la nourriture
» de ta belle-fille sera finie. Adieu,
» mon cher Everard, sois fidèle à notre
» engagement, et que ce double lien
» entre nos enfans soit le gage de
» notre éternelle amitié.

» A la vie et à la mort.

» *Godefroi, comte de Montfort.*»

Le Baron fut charmé de cette
nouvelle, le portrait fut passé au col
du petit Lorédan, et l'on envoya
en échange à la nouvelle née, un
bel anneau de fiançailles ; c'était une

alliance de rubis et d'émeraude réunie au-dessus par une plaque d'or carrée entourée de petits diamans, sur laquelle était gravée une rose en gueule, armoirie des Rosenberg, et dans l'intérieur des anneaux on lisait ces mots : *Lorédan de Rosenberg promet foi de mariage et fidélité d'amour à Blanche de Montfort.* La petite épouse ne fut pas plus sensible à ce présent que Lorédan ne l'avait été à son portrait, on ne put le mettre à son doigt encore enveloppé dans ses langes ; mais en attendant on le suspendit à son col par une chaînette d'or, et les premiers mots qu'on lui apprit à prononcer fut le nom de Lorédan de Rosenberg.

Trois années s'écoulèrent, et rien

encore n'annonçait le second mariage, ni l'arrivée de l'héritier de Montfort : il est vrai que dans ces tems anciens, les dames châtelaines, n'ayant rien de mieux à faire pour passer le tems, nourrissaient elles-mêmes leurs progénitures, jusqu'à ce qu'elles sussent marcher et parler. La petite Blanche courait déjà du haut en bas sur la terrasse du château, et prononçait très-intelligiblement le nom de Lorédan, lorsque le Comte, impatient de lui donner un frère, ordonna qu'elle fût sevrée : Clara obéit, mais non pas à l'ordre d'avoir un fils, ce qui ne dépendait pas d'elle; il n'en arriva point, et le Comte commençait sérieusement à se fâcher, lorsqu'un courier dépêché du château de Rosenberg, vint mettre le comble

à sa colère ; la Baronne venait
de mettre au monde un second fils.
Everard écrivait au comte : « La na-
» ture a trompé cette fois notre at-
» tente, mais c'est un bonheur que
» mon nouveau né ne soit pas une
» fille, puisque son époux qui doit
» naître avant elle, n'est pas encore
» en chemin ; en l'attendant, j'ai deux
» fils entre lesquels ta Blanche pourra
» choisir, etc., etc., etc. »

Choisir, s'écria Montfort indigné,
à quoi pense Rosenberg ? ne sait-
il pas que ma fille n'a plus de choix
à faire, et que le sien est fixé pour
la vie, qu'elle est engagée à son fils
aîné Lorédan, et que ce cadet me
sera toujours étranger ? car je n'aurai, j'espère, plus de fille à lui donner. Il était courroucé que son ami

eût deux fils, tandis qu'il n'en avait
point encore, comme si c'eût été la
plus grande injustice, et quoique Everard lui dit en finissant sa lettre,
qu'il avait donné au nouveau né le
nom chéri de Godefroi, le comte
n'en prit pas moins dans une espèce
d'aversion son petit filleul, et ne
se donna pas la peine de cacher à
son ami cet injuste sentiment.

Quatre années mirent encore sa
patience à l'épreuve ; il faisait aller
sa femme à tous les bains, à tous
les pélerinages : tout cela n'avait
d'autre effet que d'ennuyer et fatiguer
beaucoup la douce Clara. Enfin au
bout de cinq ans une grossesse se
déclara, la joie du Comte fut extrême, il se crut aussi sûr d'un fils
que s'il l'avait déjà vu ; il écrivit à

Everard que son gendre allait naître, et qu'il fallait penser à sa compagne : s'il avait su le nom qu'elle
porterait, il n'eût pas manqué d'envoyer l'anneau de fiançailles.

Tous les préparatifs se firent pour
recevoir dignement l'héritier du château de Montfort, mais la Providence se plaît quelquefois à déjouer
les projets des orgueilleux mortels
qui voudraient la diriger. Après une
grossesse très-pénible la Comtesse
mit au monde une seconde fille,
qui coûta la vie à sa mère : sachant
à quel point son mari désirait un
fils, elle trembla que cette attente
trompée ne le rendît indifférent pour
la fille à qui elle venait de donner
le jour. Se sentant près d'expirer,
elle se la fit apporter, et rassem-

blant le peu de forces qui lui res-
taient, elle la remit à son époux
désolé : aimez-la, lui dit-elle, en
mémoire de sa mère, qu'elle vous
rappelle votre Clara, et porte ce
nom qui vous fut si cher; si jamais
une femme plus heureuse que moi
vous donne un fils, soyez encore
le père et l'appui de mes filles. Elle vit
son Godefroi presser la petite contre
son cœur déchiré. Elle l'entendit
répéter douloureusement le nom de
Clara, ses bras défaillans s'étendirent
vers eux avec un doux sourire, et
ses yeux se fermèrent pour toujours.
Le Comte l'avait tendrement aimée,
la douleur de l'avoir perdue ab-
sorba celle de n'avoir point de fils,
et d'en voir anéantir même l'espérance; car il était loin alors d'ima-

giner qu'il pût donner à une autre
femme la place de sa chère Clara.
Il fut plongé pendant long-tems dans
un sombre désespoir, il ne trouvait
de consolation qu'auprès de l'enfant
dont le nom et les traits lui rappe-
laient celle qu'il avait perdue. Il
avait fait venir des montagnes du
Tyrol une paysanne fraîche et ro-
buste, pour nourrir cet enfant qui
venait à merveille. Elle était presque autant dans les bras de son père
que dans ceux de Lisbeth sa bonne
nourrice, et de sa sœur Blanche qui
l'aimait aussi passionnément. Si le
Comte avait pu oublier son sexe ou
le cacher à tout le monde, et l'é-
lever comme un fils, il aurait encore été heureux; mais l'extrême
délicatesse de cet enfant, ses traits

petits et fins, son teint éblouissant
de blancheur, ne permettaient pas
même cette illusion : à force de
la regretter, il lui vint enfin dans
la pensée que si Clara ne pouvait
pas être un comte de Monfort, elle
pourroit du moins lui en procurer
un. Il se rappela ce petit Godefroi
de Rosenberg, dont la naissance l'a-
vait si fort courroucé ; il sourit à la
pensée que ses deux noms lui sur-
vivraient, et fondant sur ce jeune
Godefroi toutes ses espérances, il
prit la plume et il écrivit ce qui suit
à son ami.

« Mon cher Everard, j'avais perdu
» avec ma chère Clara tout espoir de
» bonheur; je ne t'ai pas écrit parce que
» j'étais mort à tout autre sentiment.

» qu'à celui de ma douleur, mais
» il dépend à présent de toi de me
» consoler, et je viens te le deman-
» der. Tu te rappelles sans doute
» notre convention d'un double ma-
» riage entre nos enfans, je réclame
» ta promesse, et je veux tenir de
» ton amitié ce que la nature m'a
» refusé, un héritier de mon nom
» et de mes titres, qui fassent re-
» vivre la noble race des Montfort.
» Je t'ai donné ma fille aînée, Blanche
» t'appartient, et sera baronne de
» Rosenberg : donne-moi de même
» ton fils cadet, qu'il m'appartienne
» en toute propriété, et devienne
» comte de Monfort; je l'adopte pour
» mon fils et seul héritier, et je
» l'unis à ma petite Clara. Cet enfant
» est mon trésor, je ne puis m'en

» séparer ; il faut que son époux
» prenne mon nom, mes armes, et
» s'engage à vivre et mourrir au châ-
» teau de Monfort, et mon filleul
» Godefroi semble destiné, par ce
» nom, à remplir cette condition.
» Non, le sort ne m'a pas privé
» d'un fils, puisque mon ami en a
» deux; il partagera son bonheur
» avec moi; il doublera, il prolon-
» gera ainsi l'existence de son *Gode-*
» *froi de Montfort*; s'il me refuse,
» je serai le plus malheureux des
» hommes, et il ne me restera
» qu'à mourir, car j'aurai aussi
» perdu mon ami : mais je ne
» le crains pas, je connais le cœur
» de mon Everard; je sais d'avance
» qu'il remettra, avec plaisir, à
» mon fidèle écuyer Urbain, por-

» teur de cette lettre, le fils adoptif
» et le futur gendre de

» *Godefroi, Comte de Montfort.* »

Le baron de Rosenberg éprouva
un violent combat en recevant cette
lettre; il aimait son ami, mais il aimait aussi sa noble race, et son
fils cadet, même avec prédilection.
Lorédan, bouillant, impétueux, cherchait les dangers de toute espèce,
et pouvait y succomber. Souvent en
le voyant exposer sa vie, soit à la
chasse, soit dans des entreprises au-
dessus de son âge, Everard avait
pensé que s'il était condamné au
malheur de perdre son fils aîné, tout
espoir ne serait pas anéanti, et que
le jeune Godefroi, plus doux, plus

tranquille, quoique plein aussi de courage, soutiendrait l'antique nom de
Rosenberg. Il ne pouvait donc sup-
porter l'idée de le céder entièrement
à une autre famille, et de renoncer
à cet enfant chéri ; oserait-il seulement le proposer à sa mère, dont
il était le portrait et l'idole ? Cependant l'ambition lui disait que pour
un cadet de famille, il était beau
de devenir comte de Montfort, et
qu'al ne pourrait pas faire à son fils
Godefroi un sort tel que son ami
lui destinait. La fin de la lettre du
Comte le faisait aussi trembler ; il
connaissait son caractère altier, il
savait combien il tenait à ses idées
et à son nom ; il était convaincu
s'il survivait à l'affront d'un r
positif, il lui retirerait pour jama

amitié, et romprait l'alliance projetée
entre Lorédan et Blanche, à laquelle
le baron Everard tenoit beaucoup.
Sans la condition de céder complètement Godefroi au Comte, il aurait
vu avec plaisir le projet de l'unir
à Clara : lui-même en avait eu l'idée,
lorsqu'il apprit la naissance de
cette dernière ; mais il ne pouvait
se décider de renoncer entiérement
à son fils, de lui donner un autre
nom que le sien, un autre père que
lui, et une autre famille.

Dans cette perplexité, il ne trouva
d'autre moyen que de gagner de
du tems. Il répondit au Comte que
son cœur était pénétré de la plus
vive reconnaissance, et du désir
que son fils cadet fut digne du
bonheur et du nom qui lui était des-

tiné ; mais qu'il était forcé d'avouer
que cet enfant faible, valétudinaire,
très-retardé au physique et au moral, ne répondait pas à ses espérances, qu'il craignait ou de ne pas
le conserver, ou qu'il ne devint jamais un chevalier distingué. « Nous
» allons, disait-il, nous occuper sérieu-
» sement de sa santé et de son déve-
» loppement; dès que nous serons plus
» contens de sa force et de son intel-
» ligence, je l'amènerai moi-même
» au pied de Clara, et je remmé-
» nerai Blanche en échange à son
» Lorédan qui s'impatiente de la
» connaître personnellement, etc.,
» etc. » Cette lettre, peu sincère,
coûta beaucoup à Everard; c'était
la première fois qu'il déguisait ses
pensées à son ami et cherchait à lui

en imposer. Le jeune Godefroi était
exactement le contraire du portrait
qu'il en faisait à son parrain ; il était
impossible de voir un jeune garçon
plus rempli de feu et de vivacité,
et en même tems de plus de douceur et de grâces; il annonçait aussi
beaucoup d'esprit et de talens, il
montrait une extrême aptitude pour
tout ce qu'on lui enseignait; à tous
égards il était plus instruit et plus
formé qu'on ne l'est à onze ans, c'é-
tait alors son âge ; son frère Lorédan en avait quinze, et pas l'ombre
d'impatience de connaître sa future ; mais son père avait cru devoir dire au Comte tout ce qui pouvait le flatter, et le consoler de ne
pas voir arriver son filleul. Le projet d'Everard, en prenant un tems

illimité, était de le prolonger jusqu'au tems où Godefroi serait en
âge de décider lui-même de son
sort; il ne se croyait pas le maître
de lui ôter, sans son aveu, son nom
et sa famille. D'après ce plan et sa
réponse, son premier soin fut de
cacher l'enfant à l'écuyer du Comte.
Avant même que d'écrire, il l'em-
mena dans l'appartement de la Baronne, en lui recommandant de le
garder à vue, et de ne pas permet-
tre qu'il en sortît. Il fallut bien dire
à sa mère le motif de cette réclu-
sion; on put alors se fier à elle pour
qu'elle fût complete. Elle entra en
fureur à la seule pensée de se séparer à jamais de son petit favori,
et protesta que plutôt que de
le céder au despotique comte de

Montfort, elle renoncerait à Blanche
pour son fils ainé.

Je vous prends au mot, ma mère,
dit Lorédan qui se trouvait aussi
chez elle ; je ne me soucie pas du
tout d'épouser cette petite tête ronde,
et il arrachait de son col le médaillon sur lequel était le portrait de
de la petite Blanche, et que son
père exigeait qu'il portât toujours.
Il allait le jeter par les fenêtres
dans les fossés du château ; si la Baronne ne l'avait retenu. Elle ne put
s'empêcher de rire en regardant cette
miniature, et ne fut pas surprise de
la répugnance de son fils. Depuis
quatorze ans qu'il était pendu au
cou d'un petit étourdi, il n'avait pas
autant embelli que l'original ; il était
à demi effacé, et ne présentait plus

que la tête informe d'un enfant de
naissance enveloppée dans un bé-
guin , qui entourait deux grosses
joues blaffardes , sans la moindre
apparence de couleur. Mme de Rosenberg était dans ce moment dis-
posée à l'humeur contre tout ce qui
portait le nom de Montfort.

Tu ne trouves donc pas ta petite
femme jolie? dit-elle à son fils aîné,
elle a cependant un grand air de
jeunesse , et la peau bien blanche.

Elle est affreuse , s'écria Lorédan,
regardez ce nez plat , ces petits yeux
gris , ces grosses joues.... Elle fait
peur.

Et je parie, dit Godefroi, que cette
Clara qu'on veut que j'épouse est bien
plus laide encore.

Je le crois aussi, dit la Baronne,

et je te conseille bien de n'en pas vouloir; il vaut mieux rester avec tes bons parens.

Et choisir moi-même ma femme, s'écria le petit garçon.

Ou n'en point avoir, dit le fier Lorédan, ce qui vaut bien mieux encore, moi je n'en veux point d'autre que la gloire.

Quelque jeune que fût Godefroi, il sentait déjà fort bien ce que c'était que la gloire : dans ces tems-là, surtout dans la noble famille de Rosenberg, les enfans apprenaient en même-tems à connaître leurs parens et la gloire.

Je veux aussi la gloire, dit le petit Godefroi, et une femme en même tems; mon père dit qu'elles aiment les preux chevaliers. Elles

m'aimeront, je te le promets, mais
j'en veux une belle comme notre
maman, et non pas une petite fille
comme cette Clara; j'aurai gagné
mes éperons qu'elle jouera encore
avec sa poupée. La Baronne sourit,
caressa son fils chéri, et l'entretint
dans son aversion pour Clara, mais
elle n'osa pas se déclarer aussi ou-
vertement contre Blanche; son époux
tenait trop fortement à cette union,
et déjà il aurait mené Lorédan à sa
jeune fiancée, si celui-ci ne l'eût pas
conjuré de différer encore, et s'il ne
l'eût pas trouvé lui-même trop peu
formé, trop sauvage, trop rude,
pour le présenter à une jeune fille.
Il changera, pensait-il, j'étais ainsi
à son âge, et le premier regard de

Blanche de Hallwyl fit de moi un autre jeune homme.

L'écuyer du comte de Montfort, l'honnête Urbain, repartit donc tout seul, et chargé de la réponse du Baron. Godefroi sortit de sa prison, continua d'être un charmant enfant, et de faire des délices de ses parens. Quelques années après, il devint un aimable et vaillant adolescent ; il obtint alors de son père d'entrer dans un corps de jeunes volontaires, au service de l'empereur d'Autriche, où son frère était déjà placé, et se distinguait dans toutes les occasions. Le tems avait fait disparaître leur différence d'âge ; leurs caractères étaient, il est vrai, différens, mais leur valeur les rapprochait. Ils se lièrent intimément, et se promirent de ne jamais se séparer. Ni l'un, ni l'autre ne s'occupèrent pas plus des jeunes comtesses de Montfort, que si elles n'avaient jamais existé. Everard redoutait le moment où son mensonge serait découvert, où il faudrait montrer à son ami le beau et vaillant Godefroi, qu'il lui avait refusé; il ne rappelait donc point à Lorédan son engagement. Ils recevaient rarement des nouvelles de Montfort; dans ces tems où les communications étaient difficiles, où il n'y avait pas encore de poste établie, les amis éloignés les uns des autres, se contentaient de s'aimer sans se l'écrire bien fréquemment. L'amitié a-t-elle perdu ou gagné à une plus grande facilité de correspondance? c'est ce qu'il n'est pas aisé de décider. On ne

se séparait guère des premiers objets
d'intérêt, et l'on cherchait plutôt à
les rejoindre. Pendant ces absences
forcées, la certitude de n'avoir aucune
nouvelle de l'objet aimé, donnait une
sorte de crainte, d'agitation, qui
entretenait la vivacité du sentiment.
Combien de fois on s'est laissé distraire d'une image chérie, en se
disant : elle est bien ; j'ai reçu une
lettre hier, je suis tranquille ; et
cette tranquillité n'est-elle pas un
commencement d'indifférence ? Combien de brouilleries, de ruptures,
de choses pénibles ont été amenées
par des lettres ! que de fois elles
expriment ce qu'on ne pense point,
ou ce qu'on ne pensera pas le lendemain ! Mais je perds mon tems à
soutenir une mauvaise cause ! re-

venons plutôt à ces nobles amis qui
ne s'écrivaient point et qui faisaient
bien. Rosenberg aurait continué à
tromper son ami sur son fils cadet ;
et Montfort , s'il eût dit la vérité ,
aurait appris à Rosenberg des choses
qui lui auraient sûrement fait beaucoup de peine , et que nous allons
apprendre à nos lecteurs.

Le comte de Montfort avait fait
de grands préparatifs pour recevoir
l'héritier qu'il voulait adopter ; il l'attendait avec une impatience extrême,
et fut très-courroucé de voir arriver
son écuyer sans lui. Au premier moment il ne voulut ni le voir , ni l'entendre , ni même lire la lettre du
baron Everard , jusqu'à ce qu'enfin
la curiosité l'emportant sur la colère,
il voulut savoir de quelle manière il

s'y prenait pour justifier son refus.
Dès qu'il eut lu la lettre , sa colère
se changea en affliction ; il fit venir
Urbain; celui-ci, instruit par l'écuyer
du baron, à qui on avait donné le
mot, acheva de lui ôter tout espoir;
il peignit Godefroi comme étant si
disgracié de la nature au moral et au
physique qu'on n'osait pas le montrer.
Est-ce que vous ne l'avez pas vu ?
s'écria le Comte d'un air si terrible,
qu'Urbain n'osant avouer qu'il n'avait
pas pensé à exiger qu'on le lui mon-
trât, affirma qu'il l'avait vu, et en
fit un portrait effroyable tiré de son
imagination. Le nain jaune, si fameux
dans les contes des Fées, était un
Adonis en comparaison du pauvre
Godefroi ; Clara, qui était sur les
genoux de son père, rit aux éclats.

quoiqu'elle n'eût alors que quatre à
cinq ans. Le Comte lui parlait si
souvent de son petit mari Godefroi,
qu'elle comprit fort bien que c'était
de lui qu'il était question; après avoir
ri du portrait, elle pleura d'avoir un
si vilain mari, et le Comte se hâta
de la consoler en lui en promettant
un plus beau. Pendant ce tems-là
Blanche questionnait aussi l'écuyer
sur son Lorédan, et ce qu'elle en
apprenait était plus satisfaisant pour
elle. Urbain dans sa jeunesse avait
été ménestrel; il lui était resté de ce
métier une imagination très-poétique,
et le talent de faire des portraits : il
se dédommagea de la laideur de celui
de Godefroi, et passa cette fois dans
l'excès contraire ; il peignit Lorédan
si beau, si aimable, si accompli en

tout point, que le jeune cœur de
Blanche en battit de joie. Et quand
viendra-t-il? quand le verrai-je?
demanda-t-elle en rougissant. Le
baron vous l'aurait déjà amené, dit
Urbain, mais le vaillant jeune homme
ne l'a pas voulu; il ne pense qu'aux
combats, et ne se soucie pas encore
des femmes; patience, cela viendra,
chaque chose a son tour. Blanche
fière de son naturel, et vaine de sa
beauté, trouva que son tour devait
être le premier; elle fit une mine
dédaigneuse, et se retira en disant
qu'elle n'était pas faite pour attendre
les goûts de personne, et que quand
il plairait à Lorédan de la préférer à
son épée, il pourrait fort bien ne plus
la trouver. Le Comte fit peu d'attention à ce caprice, la future Baronne

de Rosenberg l'occupait moins alors que l'idée de trouver quelque jeune seigneur accompli , auquel il pût offrir sa Clara et le titre de comte de Montfort ; mais une autre cir-constance vint dans la suite changer le cours de ses idées et anéantir ce projet.

Un de ses voisins, le noble sire de Werneck , languissait depuis long-tems des suites d'une blessure ; il était veuf et père d'une fille de vingt-huit ans. Ursule de Werneck avait été fort belle, et prétendait l'être encore. En effet, quoiqu'elle n'eût plus l'éclat de la première jeunesse, sa figure était toujours remarquable; de sa pleine autorité elle s'était re-tranché huit années, et se donnait pour une mineure de vingt ans. Son

caractère était un composé d'orgueil,
de méchanceté et de dissimulation.
La chronique scandaleuse prétendait
qu'on aurait pu, sans lui faire tort,
ajouter un vice de plus à ce portrait,
et que cette fière beauté s'était souvent humanisée ; mais il n'y avait
rien de prouvé, et ceux qui lui
voulaient du bien, assuraient qu'elle
n'était que très-passionnée. Quoi
qu'il en soit, son père, qui la connaissait bien, jugea à propos de la
prendre au mot sur sa minorité, et
se sentant près de sa fin, il fit prier
le comte de Montfort de venir le
voir, et lui remit la tutelle de sa
fille, en le priant instamment de la
prendre chez lui, où elle pourrait
lui être utile pour l'éducation de ses
filles, le brave sire de Werneck

n'ayant à lui laisser que sa lance, son épée, et son vieux donjon délabré. La belle Ursule souleva le mouchoir avec lequel elle essuyait ses grands yeux noirs, si bien qu'il n'y restait pas une trace de larmes; et d'un ton de voix enfantin et touchant, elle supplia son cher tuteur d'avoir pitié de sa jeunesse, de son malheur, et de remplacer le père chéri qu'elle allait perdre. Le Comte, déjà passablement ému, prit ses mains, et les serrant tendrement, il l'assura de sa protection. Le sire de Werneck expira quelques instans après; la belle Ursule s'évanouit de très bonne grâce et dans l'attitude la plus touchante; ses longs cheveux noirs retenus très-légèrement tombèrent sur un sein d'albâtre assez peu couvert. Elle ne

revint à elle que dans le salon du
château de Montfort, où son tuteur
jugea à propos de la transporter tout
de suite. Pendant la route il la soutint
dans ses bras sur son palefroi, et il
venait de la déposer sur un lit de
velours verd à franges d'or, quand
elle entr'ouvrit ses beaux yeux,
regarda autour d'elle avec surprise,
et retomba sur l'épaule du cher tuteur,
en lui disant: je n'ai plus que vous...
vous seul au monde; vous êtes tout
pour la malheureuse Ursule. Dès ce
moment ce fut Ursule qui fut *tout*
pour le comte de Montfort, il retrouva près d'elle tout le feu de sa jeunesse, et l'aima bien plus passionnément qu'il n'avait aimé la douce Clara.
Elle résista précisément ce qu'il fallait
pour se faire désirer avec ardeur; et

six semaines n'étaient pas écoulées depuis la mort du sire de Werneck, que
sa fille était en pleine possession du
cœur, de la main, des titres, de la
fortune et des filles du comte de
Montfort, sur lequel elle prit l'em-
pire le plus absolu. Une grossesse
vint encore l'augmenter; au bout de
sept mois de mariage, le comte, à
sa grande satisfaction, se vit le père
d'un fils si long-tems désiré; et dans
sa joie il n'en sut que plus de gré à
sa chère Ursule de n'avoir pas même
attendu le terme ordinaire pour lui
faire ce doux présent, d'autant que
l'enfant très-fort et très-robuste ne
se ressentait point de cette naissance
prématurée. Elle fut célébrée avec
magnificence; l'illustre héritier de
Montfort eut sa maison montée comme

Tome II. 4

s'il eût été un prince. Outre les femmes qui le soignaient, le comte lui donna des laquais, des pages et un gouverneur. Ce dernier nommé Théobald était un très-bel homme, écuyer du feu baron de Werneck. Ursule vanta tellement à son époux le zèle, la fidélité et la valeur de l'écuyer Théobald, qu'elle obtint pour lui cette récompense de ses services; et pour qu'il remplît plus dignement la noble fonction de gouverneur du comte de Montfort, il l'arma chevalier et lui en donna le titre. Le chevalier Théobald s'attacha d'abord très-tendrement à son petit élève; et d'ailleurs la Comtesse le surveilla jour et nuit avec une tendresse maternelle très-édifiante, qui enchantait toujours plus son heureux

époux ; auprès d'Ursule et de son
fils, il oubliait qu'il avait deux filles
charmantes, ou ne s'en rappelait que
pour leur reprocher amèrement les
torts que sa femme leur supposait.
Elle lui avait persuadé que ses filles,
au désespoir de son mariage et de la
naissance d'un frère, se permettaient des injures contre leur belle-
mère, et des menaces contre un
enfant qu'elles auraient aimé s'il leur
avait été permis de l'approcher, et
qu'elles étaient bien loin de détester.
Ursule feignait de craindre que la
vie de son fils ne fût pas en sûreté
avec ses sœurs ; elles étaient donc
reléguées dans une des tours du
vaste château, sans autre compagnie,
sans autre appui que Lisbeth, nourrice de Clara, qui les chérissait toutes

deux, et un vieux valet-de-chambre
chirurgien nommé Ulrich, que feue
la Comtesse aimait et protégeait, et
qui était devenu à son tour le faible,
mais zélé protecteur de ses filles.
Heureusement que la Comtesse igno-
rait cette circonstance, elle l'eût
bientôt fait renvoyer. Lisbeth, qu'elle
accusa d'envenimer les jeunes personnes contre elle, fut contrainte
de retourner dans ses montagnes.
Que de larmes Blanche et Clara ver-
sèrent en se séparant d'elle ! combien
elles auraient désiré de la suivre, et
de vivre sous son humble toit !
Lisbeth aussi désespérée de les laisser
si malheureuses aurait voulu les emmener, mais Ulrich s'y opposa fortement; il représenta avec son simple
bon sens qu'elles étaient sous la dé-

pendance de leur père , et qu'il ne
leur était pas permis de s'y soustraire
sans nécessité absolue. Il promit à la
bonne nourrice de veiller sur ses
filles (c'est ainsi qu'elle les appelait)
avec une vigilance continuelle , et
de les lui amener lui-même, si elles
étaient menacées de quelque vio-
lence, soit contre leur vie, soit contre
leur liberté. Elles avaient encore la
permission de se promener dans le
parc aux heures où la Comtesse et
l'enfant, toujours escortés par le
chevalier Théobald, n'y seraient pas.
Blanche était trop belle et Clara trop
jolie pour que la prudente Ursule
voulût exposer le gouverneur de son
fils au danger de les voir , et de
faire des comparaisons qui ne lui
seraient pas avantageuses. Malgré

elles il les rencontra cependant que.-
quefois, et ne pût cacher son admiration. Blanche était trop fière et
Clara trop étourdie pour y faire la
moindre attention; mais il suffit que
Théobald les eût admirées pour irriter
la jalouse Ursule , et de ce moment
leur perte fut décidée. Elle entoura
son mari de nouvelles séductions ;
elle l'abreuva de mensonges, de ca-
lomnies auxquelles elle sut donner
l'apparence de la vérité. Le Comte ,
qui dans le fond n'aimait plus que
son héritier, consentit enfin à éloigner ses filles , et c'était ce que
voulait la Comtesse ; il lui suffisait
que Théobald ne les vit plus.

Le Comte eut un instant l'idée d'envoyer ses deux filles à son ami, c'était
ce qu'Ursule , sa nouvelle épouse ,

redoutait le plus. Elle craignait l'em-
pire de cette ancienne amitié et la
clairvoyance d'un homme qui n'était
pas prévenu. Le Comte avait écrit à
Everard pour l'informer de son second
mariage et de la naissance de son fils ;
il n'avait pas encore reçu de réponse,
et en avait conclu que le Baron le
blâmait. Ursule lui fit envisager ce
blâme et ce silence comme une
offense impardonnable, et dont il
devait se venger en rompant tout
projet d'alliance avec un homme
qui osait manquer au comte de
Montfort et à sa noble dame. En
conséquence, Blanche fut appelée
dans le cabinet de son père ; il lui
fut ordonné d'ôter de son doigt son
anneau de fiançailles, et de le renvoyer à Lorédan avec ces mots dictés

par le Comte : «Blanche de Montfort,
» avec l'aveu de son père, ne sera
» jamais l'épouse de Lorédan de
» Rosenberg, elle lui renvoye l'an-
» neau qui porte son nom et lui re-
» demande son portrait. »

Blanche obéit à l'instant ; mais
pourquoi sa main trembla – t – elle
en traçant ces lignes? Pourquoi ses
yeux se remplirent-ils de larmes en
ôtant cet anneau? Ce matin même
elle avait repoussé vivement l'idée
que sa sœur lui présentait d'aller se
réfugier à Rosenberg auprès de son
futur beau-père. Je n'épouserai pas
l'affreux petit imbécile, disait Clara
en riant, mais je serai protégée à
cause de toi, comme la sœur de
sa belle – fille et nous serons bien

plus heureuses là qu'avec notre
marâtre.

Non, non, Clara, avait répondu
Blanche avec fierté. Non, je n'irai
pas m'offrir à celui qui me dédaigne,
et qui n'a pas voulu voir seulement
celle qu'on lui destine pour épouse.
Je ne le verrai jamais, je lui voue
haine pour haine, mépris pour mépris.
Cependant elle gardait encore cet
anneau auquel elle était accoutumée
dès sa naissance ; et quand son père
lui ordonna de le renvoyer, son
cœur se serra comme si on lui ôtait
son bien le plus précieux. Elle se
rappela le beau portrait qu'Urbain
lui avait fait de Lorédan ; elle soupira de l'idée qu'elle ne le verrait
jamais ; et lorsqu'elle eut quitté son
père, qu'elle vit le fatal paquet prêt

à partir pour Rosenberg , porté par
ce même écuyer, elle lui fit encore
répéter tout ce qu'il lui avait dit si
souvent du beau et vaillant chevalier;
et aurait donné tout au monde pour
le suivre. Elle rentra fort triste auprès
de sa sœur, et lui confia ce qui venait
de se passer entre elle et son père ;
mais elle lui cacha ses regrets, dont
sa fierté ne lui permettait pas de
convenir. Clara , naturellement gaie
et railleuse, les devina , vit les traces
de ses larmes , et la plaisanta sur ce
qu'elle nommait *sa délivrance;* mais
bientôt elle partagea sa tristesse. Le
Comte leur déclara , à toutes les
deux , qu'elles étaient destinées à
être religieuses. « C'est le seul parti,
» leur dit-il , pour les sœurs du
» comte de Montfort; elles doivent

» s'estimer heureuses d'augmenter la
» fortune de l'héritier de leur nom ;
» je sais que vous détestez cet enfant,
» ce noble soutien de ma famille. Il
» faut donc, à la fois, vous éloigner
» de lui, et vous faire concourir à
» la gloire de votre maison ; ainsi
» tenez vous prêtes à partir demain.
» Malgré vos torts envers ma géné-
» reuse Ursule, elle veut bien vous
» conduire elle-même au monastère
» de Sainte-Claire, où sa tante est
» abbesse ; et vous recommander à ses
» soins. C'est à vous à mériter tant
» de bonté par votre soumission. »
Il sortit, et laissa ses malheureuses
filles au désespoir. Si seulement
Ulrich eût encore été leur protecteur ! mais depuis quelque tems elles
avaient eu la douleur de le voir

s'attacher au service de la Comtesse ;
il volait au moindre de ses ordres,
il amusait l'enfant pendant qu'elle se
promenait avec le gouverneur. Plus
d'une fois il avait fait rentrer du-
rement Clara et Blanche dans leur
tour ; il avait pris parti contre elles
lorsqu'on les grondait ; elles n'osaient
plus se confier à son amitié, et ce
n'était pas la plus légère de leurs
peines. Après une nuit passée dans
les larmes, on vint les avertir que
tout était prêt pour leur départ, et
que leurs parens les attendaient dans
la grande salle. Elles y arrivèrent en
tremblant, mais décidées à faire un
dernier effort pour attendrir leur
père. En entrant, elles se jettent
à ses pieds. Leurs sanglots coupent
leur voix ; mais leurs visages inondés

de pleurs, leurs innocentes mains
jointes, leurs beaux yeux élevés sur
lui, avaient un langage bien plus
éloquent. Un retour de tendresse
paternelle se fait jour dans le cœur du
Comte ; il ouvre ses bras... Ursule
attentive y place son fils, et saisit cet
instant pour le prier de veiller en
son absence sur le *jeune comte de
Montfort*. Elle avait, sous quelque
prétexte, envoyé la veille à Werneck
le chevalier Théobald, afin qu'il ne
vît pas les jeunes Comtesses au moment du départ. Déjà les palefrois
enharnachés sont dans la cour et
frappent du pied ; en vain les pauvres
jeunes infortunées veulent encore
s'approcher de leur père, et lui demander au moins sa bénédiction.
Tout occupé de son fils, il lui faisait

voir les belles armes de Montfort au champ d'argent, avec le gonfanon * de gueules qui décorait la tapisserie de la grande salle, et dont les brillantes couleurs plaisaient aux yeux du petit garçon; et l'illustre enfant, et les illustres armoiries, occupaient tellement le comte, qu'il ne fit plus nulle attention à ses filles. Ursule pressait le départ et ses tristes victimes allaient la suivre, lorsqu'Ulrich

---

* Terme de blason. Le gonfanon est une banière dont les trois bouts pendans retombent sur l'écu en demi-cercle. Voyez l'*Encyclopédie* au mot *Gonfanon*, et l'*Histoire des chevaliers de Malte*, par Vertot, vol. VII. sur les armoiries des Monfort et des Rosenberg.

ouvrant brusquement la porte de la
salle, entre avec l'effroi peint sur
tous ses traits. Le château de Werneck est en feu ! s'écria-t-il. Il ouvre
une grande croisée de laquelle on
voyait à une ou deux lieues l'antique
masure perchée sur un rocher. Une
épaisse fumée qui l'entourait ne con-
firmait que trop le rapport du domestique. Le Comte apprit ce malheur
avec assez d'indifférence ; c'était une
propriété à peu près sans valeur, et
depuis la mort du père d'Ursule il
était inhabité ; mais la Comtesse y
avait envoyé son cher Théobald, et
Théobald était tout pour elle. Désespérée, elle jetait les hauts cris, et
sans écouter aucune représentation,
elle voulut à l'instant partir pour
Werneck, et conduire elle-même

les secours qu'on y envoyait. On fit
sonner le beffroi de la grande tour
pour avertir les vassaux. Blanche et
Clara, qui prenaient peu d'intérêt à
la vieille masure, espéraient que cet
incident retarderait leur départ, et
qu'elles profiteraient du moment où
elles seraient seules avec leur père;
mais la Comtesse qui allait chercher
le beau gouverneur de son fils pour
le ramener à Montfort, n'avait garde
d'y laisser ses deux belles-filles.
Ulrich, dit-elle au vieux domestique,
vous savez où est le couvent de
Sainte-Claire, dont ma tante est
abbesse? Je ne sais qué cela Mme la
Comtesse; c'est derrière cette montagne au pied de ce grand rocher.
Ah! que c'est une digne dame, que
Mme l'abbesse de Werneck, et que

mes jeunes maîtresses vont être
heureuses avec elle ! — Eh bien !
Ulrich, vous allez les y conduire
à ma place ; vous raconterez à ma
tante l'affreux malheur qui me retient
ici ; vous lui remettrez cette bourse
pour la pension d'une année, et vous
lui direz.…. elle acheva son instruction à voix basse. Ulrich lui répondit
respectueusement que tous ses ordres
seraient suivis ; il plaça lui-même,
avec rudesse, les jeunes filles sur
leurs destriers, et partit avec elles.
Ursule débarrassée d'une partie de
ses inquiétudes s'occupa de l'autre.
A la tête des domestiques et des
vassaux, elle partit pour Werneck,
laissant au Comte le soin de garder
le précieux enfant.

Les deux jeunes victimes suivaient

tristement leur guide, et gémissaient
tout bas de n'oser lui confier leurs
peines, et de ne plus voir en lui que
le vil agent de leur cruelle marâtre ;
lorsque s'arrêtant tout-à-coup à un
détour du chemin, il leur demanda
si elles n'auraient pas envie de voir
leur bonne Lisbeth encore une fois.
Au seul nom de Lisbeth l'espoir
rentra dans leur cœur ; un perfide
n'eût pas osé prononcer ce nom. —
Ma bonne nourrice ! s'écria Clara :
que dirait-elle si elle nous voyait conduire au couvent par ce même Ulrich
auquel elle nous avait tant recom-
mandées ? Lisbeth ne jugerait pas
Ulrich sur les apparences, dit le
vieillard en secouant la tête ; elle
dirait qu'il est un honnête homme,
un fidèle serviteur. O mes bonnes,

mes chères jeunes maîtresses ! vous
que j'ai vu naître , vous les seuls
enfans de mon maître , et les dignes
filles de celle que je pleurerai toute
ma vie, avez-vous pu croire qu'Ulrich
trahirait sa mémoire pour servir la
femme vicieuse qui l'a remplacée ?
Elle vous a enlevé le cœur de votre
père ; celui du vieux Ulrich vous
reste en entier ; mais je ne pouvais vous
servir efficacement qu'en feignant
d'être ce que je ne serai jamais, le
vil confident de cette Ursule à qui
je ne veux pas donner le noble nom
que portait la meilleure des femmes,
et qu'elle déshonore. Des circons-
tances dont je ne veux pas instruire
votre innocence, m'ont appris un
secret qu'elle a le plus grand intérêt à cacher ; elle a tout employé

pour me gagner, je lui ai persuadé
qu'elle y avait réussi, et sa confiance
en moi est entière; cependant elle
voulait absolument vous conduire
elle-même au couvent, et vous remettre à sa tante, aussi méchante
qu'elle. J'ai vû le moment où je ne
pourrais plus vous sauver; il n'y avait
qu'un moyen et je l'ai pris. Cette
nuit j'ai mis moi-même le feu à une
chaumière abandonnée, située au
pied du château de Werneck; une
grande quantité de paille mouillée
a produit la terrible fumée que vous
avez vue. J'étais sûr qu'à la moindre
idée du danger de Théobald, elle
courrait à Werneck, et vous re-
mettrait entre mes mains. A présent,
disposez de moi et décidez de votre
sort. Voulez-vous que je vous mène

à Rosenberg ? la route est longue, mais nous y arriverons cependant. Préférez-vous d'aller chez Lisbeth ? la route est périlleuse, mais nous en viendrons à bout. Ordonnez, je vous conduirai où vous voudrez.

Blanche aurait volontiers dit à Rosenberg ; mais Lorédan devait avoir reçu la lettre et l'anneau ; elle allait le trouver irrité, et sa fierté se révolta à l'idée de s'offrir de nouveau elle-même, et de paraître en suppliante dans un lieu où elle aurait dû être maîtresse. D'ailleurs la vive, l'ingénue Clara, était déjà décidée en faveur de Lisbeth ; elle jouissait encore auprès de sa sœur aînée de ses priviléges d'enfant gâté, et Blanche respectait toutes ses fantaisies. Allons donc chez Lisbeth,

dit-elle en soupirant, mais non pas
sous le nom et le costume de comtesse de Montfort, il y aurait trop
de danger. Procurez-nous des habits
de paysannes, et amenez-nous comme
ses nièces. Elle a une sœur mariée à
Augsbourg, nous serons ses filles et
vous notre père. Ulrich consentit à
tout, et employa, sans scrupule, à
acheter des habits, une portion de la
somme qu'on lui avait remise pour
payer au couvent l'entrée des jeunes
pensionnaires. L'instruction d'Ursule
était un ordre à Ulrich de ne revenir à Montfort que lorsqu'elle le
rappelleroit, et elle avoit prié sa
tante de le garder au couvent comme
concierge. Elle y gagnoit d'éloigner
du Comte ce vieux domestique dont
la présence seule lui rappelait sa

première épouse et ses filles, et
surtout un homme instruit de sa
conduite. Elle croyait, il est vrai,
l'avoir gagné; mais d'un moment à
l'autre il pouvait avoir des remords,
et découvrir à son maître ce qu'elle
avait un si grand intérêt à lui cacher.
Cet ordre donnait donc au bon
Ulrich le tems de mettre en sûreté
ses bonnes jeunes maîtresses avant
qu'on s'informât de ce qu'elles étaient
devenues. Ursule devait dire à son
mari que son vieux serviteur avait
voulu rester près de ses filles; il en
aurait été content. Subjugué complétement, mais quelquefois honteux
de l'être, il aimait mieux que ceux
qui avaient vu jadis le fier, le despotique comte de Montfort, ne
vissent pas ce qu'il était devenu

actuellement, l'esclave des volontés d'Ursule.

Blanche et Clara, sous les modestes noms d'*Agathe* et de *Marie Herman* (c'était celui qu'Ulrich avait pris), arrivèrent sous l'humble toit de Lisbeth, et y furent reçues avec des transports de joie et une tendresse maternelle, qui ne laissait aucun doute sur leur relation. Lisbeth dit, à qui voulut l'entendre, que sa sœur étant morte, son beau-frère lui avait amené ses filles. On la félicita sur leur beauté, sur leur air de bonne éducation; elle en fut aussi flattée que si vraiment elles eussent été ses nièces, et les rendit aussi heureuses que sa situation le lui permettait. Elles avaient quelques bijoux de leur mère, qu'Ulrich

vendit pour leur entretien en y
joignant l'argent qu'il avait reçu pour
elles; ses petites épargnes et la chirurgie qu'il exerça avec succès, suf-
firent au sien. Il resta chez sa belle-
sœur prétendue, et soigna ses filles
avec une déférence qui pouvait être
suspecte; mais qui fut mise sur le
compte de la tendresse paternelle,
justifiée par le mérite des jeunes personnes. A présent que nous les laissons heureuses et tranquilles, nous
allons revenir au château de Rosenberg.

Les jeunes Barons étaient rentrés
chez eux couverts de gloire; leur
père le vaillant Everard n'avait pu
résister au désir d'être témoin de
leur valeur et de leurs premiers faits

Tome II.   5

d'armes. C'est de sa main qu'ils furent
armés chevaliers devant l'empereur
Fréderic, qui leur donna l'accolade.
Godefroi n'avait pas encore l'âge
requis, mais il demanda de subir
toutes les épreuves; et vainqueur
dans plusieurs joûtes et tournois, il
obtint une dispense d'âge, et il
fut armé chevalier en même tems
que son frère. Sur leurs écus se
voyaient d'un côté les nobles armes
de Rosenberg, la rose rouge boutonnée d'or au champ d'argent : de
l'autre, l'emblême et la devise qu'ils
avaient adoptées, deux jeunes aiglons
s'élevant ensemble dans les airs et
suivant la même direction; avec cette
légende : *toujours ensemble à la
gloire*. Ils firent la campagne contre
Amurath II, et s'y distinguèrent.

Leur père ne les quitta point et
leur donnait l'exemple de la valeur,
comme de toutes les autres vertus.
Ce fut pendant cette guerre que le
comte de Montfort épousa Ursule
de Werneck, et communiqua à
son ami en même tems son mariage
et la naissance d'un fils au bout de
sept mois. Everard ne reçut point ce
message, et la Baronne qui n'aimait
pas les Montfort oublia de lui en
parler à son retour; mais le baron
n'avait pas oublié son ami et sa promesse. Lorédan avait vingt et un ans,
c'était le moment de songer à perpétuer la noble race des Rosenberg,
et Everard pensait à lui proposer
un voyage à Montfort, lorsque l'é-
cuyer Urbain arriva chargé de l'anneau

et du billet de Blanche. Everard fut confondu ; la baronne triomphait et disait à son époux : J'ai toujours pensé, monseigneur de Rosenberg, que ce fier comte de Montfort ne méritait pas votre amitié. » *A la vie et à la mort,* répétait tristement Everard en contemplant son bouclier appendu dans la salle, et sur lequel il avait fait graver cette devise autour du chiffre de Godefroi et du sien, en partant pour la Terre Sainte. Que peut-il lui être arrivé ? Peut-être a-t-il découvert ma tromperie au sujet de Godefroi, mais on s'explique, on s'écrit..... La Baronne rougit ; elle avoua qu'il était venu une lettre pendant son absence ; elle la tira de sa cassette toute scellée en re-

quérant son pardon. Ce fut alors
seulement qu'Everard apprit le mariage du Comte et la naissance de son
héritier. Elle rendait inutile l'adop-
tion de Godefroi, et donna plus de
regrets au Baron sur la rupture du
mariage de son fils aîné et de Blanche.
Celui de son fils cadet et de Clara
aurait rempli tous ses vœux. Il fut
d'ailleurs peu satisfait de la lettre du
Comte. Il se répandait en éloges sur
sa nouvelle épouse, ne songeait plus
du tout à sa douce et belle Clara ;
ne parlait que de ce fils si long-tems
désiré, et pas un mot de ses filles ;
pas une phrase non plus qui rappelât
leur liaison. C'étoit *le comte de Mont-*
fort communiquant son mariage au
baron de Rosenberg ce n'était plus
Godefroi écrivant à *Éverard.*

Pendant qu'il méditait avec tristesse sur un pareil changement, ses
fils s'étaient emparés de l'écuyer, et
l'avaient conduit dans leur chambre,
où ils lui faisaient mille questions
sur le Comte et ses filles. Lorédan
éprouvait quelque chose d'inconcevable ; son engagement avec Blanche
lui avait paru odieux, insupportable,
il voulait le tenir par obéissance pour
son père ; mais il en reculait autant
qu'il pouvait le moment, et il en
frémissait d'avance. A présent qu'il
est rompu et qu'on lui rend sa liberté, ainsi que Blanche, il sent
plutôt du dépit que de la joie. Il
froisse entre ses mains le billet, il
rit, mais c'est avec amertume. Il a
amené l'écuyer du Comte dans sa
chambre, pour lui dire combien il

se trouve heureux d'être libéré de cet engagement, et il lui demande d'une voix altérée, si c'est Blanche qui a voulu le rompre. L'honnête Urbain lui répond que sûrement c'est elle, puisque cent fois il lui a entendu dire que jamais elle ne serait son épouse. Elle n'a fait que me prévenir, dit le jeune homme en jetant avec dédain son médaillon sur la table ; depuis long-tems ce beau portrait me pèse et m'ennuie. Urbain le prend et sourit en secouant la tête. Lui ressemble-t-elle ? continua Lorédan d'un ton railleur, en ce cas elle doit être fort jolie, et je comprends qu'elle soit très-difficile.

La comtesse Blanche est bien plus que jolie, répondit Urbain en se

redressant , elle est d'une beauté
frappante ; sa taille haute et déliée
lui donne l'air d'une nymphe , ses
beaux cheveux blonds descendent
en boucles ondoyantes presque jusqu'à ses pieds , ou couronnent en
diadême son front plein de noblesse , et ses grands yeux bleus ,
qui annoncent à la fois fierté et
douceur. Son nez est aquilin ; ses
lèvres purpurines , légèrement entr'ouvertes , laissent voir deux rangs
de dents semblables à des perles ;
son teint éblouissant de blancheur
donne l'idée d'un bouquet de lis et
de roses. Son bras et sa main sont
parfaits.

Lorédan écoutait en silence , et
chaque trait du portrait de Blanche
se gravait dans son cœur. Godefroi

riait aux éclats. Tu peins à merveille,
Urbain, lui dit-il, et ton imagination
est vraiment brillante, tu veux donner
des regrets à mon frère. A présent,
fais moi aussi, je te prie, le portrait
de ma Clara, afin que je me pende
à mon tour. Urbain tombait des
nues, et regardait avec étonnement
le beau jeune chevalier qui lui parlait, que jusqu'alors il avait pris
pour un ami de Lorédan. — Pourquoi me regardes-tu avec cet air
effaré, bon écuyer! — *Votre frère !*
votre Clara ! s'écria Urbain, quoi
donc! serait-il possible, puis-je
croire, seriez-vous? — Qui? —
Ce malheureux enfant, ce Godefroi
que je vins chercher ici, et qui était,
me dit-on, si disgracié de la nature?
Tu le vois, répondit Godefroi en

*

déployant sa charmante figure. — Si
imbécille. — Tu l'entends. — Dieu !
c'est inconcevable ! que vous est-il
donc arrivé ? — De prendre quelques années de plus , et de rester
d'ailleurs ce que j'étais. Allons ,
remets-toi , et fais-moi le portrait
de Clara. Urbain avait des prétentions à l'esprit , à l'éloquence. Il
était à la fois charmé de rendre
justice à ses belles maîtresses , et
de déployer ses talens oratoires. Il
fit donc le portrait de la jolie , de
la séduisante Clara , d'après nature ,
mais dans son style ampoulé Ses
yeux noirs et pleins de feu lançaient
les traits de l'amour ; ses formes
étaient celles de Vénus , ses mou-
vemens ceux des trois Grâces , son
ve celui d'Hébé ; enfin il peignit

si bien, et jura si fort que la vérité
guidait son pinceau, que Godefroi,
à son tour, devint aussi rêveur que
Lorédan.

Urbain voyant qu'on l'écoutait,
et qu'il faisait effet, continua à
parler de ses maîtresses ; de leur
figure, il passa à leur malheur depuis le fatal mariage de leur père,
et c'est-là qu'il put déployer toute
son éloquence. Jamais orateur n'eut
plus de succès. Il attendrit ses deux
auditeurs jusqu'aux larmes, et les
enflamma jusqu'à l'enthousiasme.
Avant qu'il eût fini son récit, les
deux frères avaient juré sur leurs
épées d'être les défenseurs et les
vengeurs de ces deux beautés oppri-
mées. « Je mettrai le feu aux quatre
» coins du château de Montfort,

» disait Lorédan ; j'y jetterai l'in-
» digne Ursule et son Théobald ,
» peut - être même le Comte , et
» j'enlèverai Blanche. — Et moi ,
» Clara , dit Godefroi avec impé-
» tuosité , je ne te quitte pas. *Tou-*
» *jours ensemble à la gloire.* » —
Qu'attendons-nous, partons. — Il y
a apparence, dit Urbain , que les
jeunes Comtesses ne sont plus à
Montfort ; vous ne me laissez pas
finir mon récit. Les barbares , re-
prit-il en déclamant, voulaient leur
ôter à jamais la liberté , et forcer
ces malheureuses victimes à se faire
religieuses. On parlait de les conduire dans un monastère lorsque je
suis parti , et sans doute..... — Eh
bien! interrompit Lorédan, c'est au
monastère que nous mettrons le feu.

A tout prix nous voulons les sauver, elles nous étaient destinées, c'est nos épouses que nous allons défendre.

La tête des jeunes héros était exaltée. Plus l'entreprise était romanesque et difficile, plus elle plaisait à leur courage. La crainte de rencontrer des obstacles dans la volonté de leurs parens, leur fit prendre la résolution de s'échapper sans les consulter. — Mon père nous pardonnera, dit Lorédan, quand nous lui ramènerons les filles de son ami, et qu'elles deviendront les siennes. — Ils gagnèrent Urbain à force d'or, et surtout en promettant de rendre ses jeunes maîtresses les plus heureuses baronnes de la chrétienté. Quelques jours après il eut une audience de congé très-sèche du Baron,

Il repartit tout de suite, et, comme
ils en étaient convenus, il attendit
les deux frères dans un bois voisin,
et le lendemain, à l'aube du jour,
tous trois étaient déjà bien loin du
château de Rossenberg. Un billet
des jeunes gens, laissé sur leur table,
avertissait leurs parens que suivant
leur serment de chevalier, ils allaient
à une noble entreprise où leur secours était requis et le secret de-
mandé, et qu'on ne les reverrait
qu'après qu'ils en seraient venus
à chef. Ils se recommandaient aux
bons vœux de leur père, aux prières
de leur mère, promettant de marcher *toujours ensemble à la gloire.*

Les parens de ce tems-là ne di-
saient mot quand le mot de *gloire*
était prononcé, ils étaient toujours

prêts à leur céder leurs fils. Everard
ne regretta que de ne pas être de
la partie. La Baronne, faible comme
le sont toujours les mères, versa
des larmes, s'enferma dans son ora-
toire, et dit bien des orémus pour
son cher Godefroi. Ni l'un, ni l'autre
ne se doutèrent que les jeunes comtesses de Montfort fussent pour quelque chose là dedans, et en attendant
le retour de leurs fils, ils s'occupèrent à leur choisir des épouses
dignes d'eux dans les châteaux d'a-
lentour.

Pendant ce tems-là, les deux
frères chevauchaient devers Montfort,
et continuaient à faire parler l'écuyer
qui, loin de se démentir sur les
charmes de ses maîtresses, allait
toujours *crescendo* sur leurs per-

fections. C'est la manière des conteurs quand on les écoute; à force de vouloir exciter l'intérêt, ils finissent par perdre toute mesure. Au reste, il était difficile d'exagérer ici; les jeunes Comtesses était vraiment aussi charmantes que deux jeunes filles puissent l'être; mais à la fin de la journée ce n'était plus des mortelles, c'étaient des divinités qu'on ne pouvait contempler sans en être consumé. Les deux jeunes chevaliers brûlaient déjà avant même de les avoir vues, et Urbain commença à s'effrayer lui-même de l'incendie qu'il avait allumé : il réfléchit qu'il amenait à Montfort deux jeunes lions déchaînés qui voudraient mettre tout à feu et à sang; il chercha donc peu-à-peu à les

calmer en ôtant par-ci, par-là, quelques charmes aux deux beautés, en
mettant quelques *si*, quelques *mais*...
On ne l'écoutait plus ; ni l'un ni
l'autre, ne voulaient rien rabattre
de son premier dire, et de leur
adoration ; elle allait, au contraire,
toujours croissant, et dès le troisième jour ils arrêtèrent tous les
chevaliers qu'ils rencontraient pour
les forcer de convenir que personne
n'égalait en beauté Blanche et Clara
de Montfort, et pour rompre une
lance en leur honneur. Jeunes, agiles,
vigoureux, et dans cet état d'exaltation
qui double le courage, ils triomphè-
rent dans plusieurs joûtes. Mais les
forces de Godefroi, à peine âgé de
dix-huit ans, n'étaient pas égales
à sa valeur : le huitième jour de leur

voyage, un chevalier fort et puissant,
aussi vain que lui des charmes de sa
belle, et les connoissant mieux, l'éten-
dit à ses pieds. Les blessures dans ces
sortes de rencontres ne sont jamais
bien dangéreuses; mais le jeune chevalier s'étant donné une entorse en
tombant, prétendit qu'il souffrait trop
pour convenir de rien envers son adversaire. Sauvant ainsi l'honneur de
Clara, il remonta avec grand peine sur
son coursier à l'aide de son frère et
d'Urbain, en priant ce dernier, pour
le consoler de son malheur, de lui
dépeindre encore les charmes de
celle pour qui il venait de com-
battre. En arrivant dans un village,
Godefroi souffrait au point qu'on fut
obligé de s'arrêter dans une mauvaise auberge. Lorédan gémissait de

ce retard : le blessé lui promettait
de partir le lendemain. Mais Urbain
qui prévoyait que ce serait l'affaire
de plusieurs jours, ne perdit point
la tête et proposa aux deux frères
de le laisser seul continuer sa route,
pour aller prendre des informations
à Montfort, et revenir leur dire si
les jeunes Comtesses y étaient encore.
Peut-être même, ajouta-t-il, je
pourrai les voir et les prévenir sur
l'arrivée des défenseurs que le ciel
leur envoie; d'accord avec elles, tout
sera bien plus facile. Ils en convin-
rent, et ce motif les décida à laisser
aller l'écuyer en avant. Pour dire
le vrai, le bon Urbain n'était pas
fâché d'arriver seul chez son maître,
sans avoir à répondre de la suite
qu'il y amenait, et qui lui aurait

peut-être fait maudire plus d'une fois
son éloquence. Il partit donc, et son
cheval galoppait déjà que Lorédan
lui criait encore de revenir bientôt,
et de ne pas oublier de remettre à
Blanche en mains propres une lettre
passionnée qu'il lui avait écrite pendant que le cheval d'Urbain mangeait
l'avoine. Il rentra auprès de son
jeune frère couché sur un mauvais
grabat, et l'exhorta à la patience
dont lui-même était incapable. Godefroi, en faisant la grimace et frot-
tant sa jambe, parle encore du lendemain, puis de Clara avec un peu
moins de transports qu'à l'ordinaire;
il osa même articuler quelques légers
doutes sur la beauté transcendante
des comtesses de Montfort, ce dont
le preux Lorédan fut très-scandalisé.

Le lendemain arrive, et le pied et la jambe sont enflés à ne pouvoir se se soutenir; chaque douleur ôtait un charme à Clara, et faisait souffrir Lorédan presqu'autant que le patient. Ils s'informèrent s'il n'y avait pas de chirurgien dans le village. Non pas dans le village, leur dit-on, mais dans la montagne un très-habile qui fait des cures merveilleuses. Un enfant de l'hôte est dépêché pour aller le chercher; et pendant ce tems-là, pour distraire le malade, l'hôte, presqu'aussi bavard et bon peintre qu'Urbain, leur conta toute l'histoire de ce chirurgien établi long-tems à Augsbourg où il guérissait toute la ville, mais, disait-il, sa femme étant morte et lui ayant laissé deux filles charmantes, il les a amenées chez sa belle-sœur, qui habite dans la montagne voisine, et il y reste avec elles. Puis il ajoutait qu'il n'était bruit dans tout le pays que de la beauté de ces filles ; que lui-même grand connaisseur avait été les voir sur tout ce qu'il en entendait dire, et qu'il pouvait assurer les jeunes chevaliers que l'on n'en disait pas assez ; que dans toute l'Allemagne il n'existait pas deux plus belles personnes qu'Agathe et Marie Herman. Il fit leur portrait à sa manière, qui n'était pas si fleurie que celle d'Urbain, mais qui avait bien son mérite ; chaque charme était nommé, détaillé, et accompagné d'un jurement qui lui donnait au moins autant de force que les belles comparaisons de l'écuyer.

Un auditeur de sang froid, malgré
la différence des pinceaux, aurait
sans doute trouvé de grands rapports
dans les portraits; mais comment
s'imaginer qu'il peut y en avoir le
moindre entre Agathe et Marie,
filles d'un chirurgien d'Augsbourg,
et les filles du comte de Montfort ?
Lorédan, en vrai chevalier, fidèle à
sa première impression, écoutait à
peine, et sortait à chaque instant
pour voir si le chirurgien n'arrivait
pas. Godefroi, au contraire, écoutait
de toutes ses oreilles, et ne sentait
plus son mal quand l'hôte lui contait
comme Agathe était une grande belle
fille, fraîche comme une rose à cent
feuilles, et la petite Marie un petit
bouton de quinze ans à croquer,
vive, lutine, agaçante, et qui ferait

damner un saint. De plus, sages,
bien élevées, polies et accortes. Godefroi écoutait encore quand Ulrich,
le chirurgien d'Augsbourg, et à
présent des montagnes, arriva conduit par Lorédan qui était allé à sa
rencontre. Godefroi lui montra sa
jambe en toute confiance ; le père
de si charmantes filles ne pouvait
être un ignorant. Vous avez, dit-on,
deux filles adorables, M. Herman,
disait le malade. Que pensez-vous
de cette jambe ? demandait Lorédan.
Ne viennent-elles jamais dans ce
village ? continuait Godefroi. Croyez-
vous que ceci sera long ? ajoutait
Lorédan. Je commence à le craindre,
dit le malade, mais avec les bons
soins de M. Herman j'en guérirai,
et s'il voulait me prendre chez lui....

je suis sûr que..... Très-bien pensé,
mon frère, interrompit Lorédan.
Tranquille sur toi, j'irai seul à
Montfort.

Ulrich qui examinait la jambe
malade avec attention, leva la tête,
regarda le jeune homme, et répéta
le nom de Montfort avec intérêt.

Connaissez-vous le comte de Montfort? lui demanda Lorédan.

Non, seigneur, pas personnellement, répondit Ulrich en regardant
de nouveau la jambe.

Vous en avez donc entendu parler?

Souvent, et de ses deux filles aussi.

Que disait-on de ses deux filles?

Qu'elles sont aussi belles, aussi
intéressantes que malheureuses depuis que le comte s'est remarié à la
plus indigne des femmes.

Tome II.   6

Par le ciel! elles ne seront pas
long-tems malheureuses, s'écria Lorédan. J'en jure sur mon serment
de chevalier, sur mon épée, sur
mon bouclier. Ce bouclier était dans
un coin de la chambre, Ulrich jeta
les yeux de ce côté, et reconnut
bientôt la rose de gueules boutonnée
d'or qu'il avait vue si souvent sur
les sceaux des lettres du baron, et
dont son maître lui avait quelquefois
parlé. Il ne douta pas que ces deux
jeunes gens ne fussent les fils du
baron de Rosenberg, et voyant là
le doigt de la Providence, il résolut
de la laisser agir et de se taire. Il
assura que la blessure et l'entorse
n'étaient pas dangereuses, mais exi-
geaient quelque tems de repos; et
à la prière instante du jeune blessé

et de son frère, il consentit à le
prendre avec lui pour le soigner et
le guérir. Godefroi demanda à y
être conduit le jour même ; Lorédan
l'approuva, il pressa le départ. Un
brancard fut préparé, on y plaça le
blessé impatient de voir les deux
belles montagnardes. Lorédan l'es-
cortait à cheval, impatient de partir
pour délivrer Blanche ; l'honnête
Herman à pied, impatient de consulter Lisbeth sur ce singulier incident.

Ils arrivèrent au joli châlet de
Lisbeth, et toutes les *impatiences*
furent satisfaites ; Agathe et Marie
s'empressèrent auprès de leur père
et des hôtes qu'il leur amenait, qui
les trouvèrent au-dessus de leur réputation. Lorédan même, qui dans

le grand costume de chevalerie ne
se serait pas permis une distraction,
fut forcé de convenir qu'il voudrai
que Blanche ressemblât à la belle
Agathe ; mais cela même fit qu'il se
hâta de s'éloigner, dans la crainte
de devenir infidèle malgré lui à la
dame de ses pensées. Godefroi ,
moins scrupuleux, ne songeoit plus
à Clara. Ses regards ardens erraient
tour à tour sur la belle et fraîche
Agathe, et sur la jolie Marie ; il ne
savait à laquelle donner la préférence.
Je les adorerai toutes les deux, pensa-
t-il ; ce ne sera pas une infidélité,
ce ne sera qu'un juste hommage
rendu à tout ce qu'il y a de plus
charmant. Si Urbain était ici, je le
ferais convenir que ces délicieuses
paysannes , avec leur corset rouge ,

leur petit chapeau de paille, leurs
belles tresses flottantes, sont mille fois
plus jolies que ces tristes et froides
Comtesses se lamentant dans leur tour.
Il tranquillisait ainsi sa conscience,
et l'on voit que les deux frères,
en amour et en amitié, ne ressemblaient pas mal à Amadis et à Ga-
laor, qu'ils avaient en effet pris pour
modèles.

En quittant leur château de Rosenberg, les deux jeunes chevaliers
avaient pris simplement les noms de
Rodolphe et de Henri qu'ils por-
taient aussi, mais sous lesquels ils
n'étaient pas connus. Ils dirent à
Herman que leur nom de famille,
assez obscur, mais qu'ils prétendaient
illustrer, était Berthold. Il le crut

d'abord, mais on a vu comment Lorédan s'était trahi devant lui, et lui
avait fait reconnaître les armoiries
des Rosenberg. A peine arrivé chez
Lisbeth avec les jeunes chevaliers,
pendant que les jeunes gens se re-
gardent et s'admirent, il prend Lisbeth à part et lui communique son
importante découverte. La prudente nourrice écoute et secoue
la tête. « Prenez garde, Ulrich,
» lui dit-elle, vous pourriez bien
» vous tromper, au moins pour
» un des deux chevaliers : vous
» m'amenez deux frères char-
» mans, et je sais, de science
» certaine, qu'il n'y a qu'un Ro-
» senberg de présentable, celui qu'on
» destinait à Blanche et qu'on nomme
» Lorédan. Le cadet est une espèce

» de monstre, complètement im-
» bécile. J'étais là quand Urbain,
» qui l'avait vu, en fit le por-
» trait, et celui-ci est un gaillard
» qui me fait trembler avec les
» yeux dont il regarde ma Clara.
» Prenez-garde, vous dis-je, n'a-
» menez pas un loup dans la
» bergerie. »

Quand je vous dis, Lisbeth, que
le plus grand, celui qui n'est pas
blessé, qui se fait appeler Rodolphe, est aussi certainement Lorédan
de Rosenberg que je suis Ulrich
Herman; n'ai-je pas vu sur son écu
la rose rouge boutonnée d'or, que
mon maître m'a montrée cent fois
sur le sceau des lettres du baron Everard ? N'a-t-il pas dit qu'il voulait
aller à Montfort ? N'a-t-il pas juré

qu'il voulait délivrer les filles du
Comte? Nous ferions bien peut-être
de les lui nommer, pour lui épar-
gner le voyage ; et c'est sur cela
que je voulais vous consulter.

Gardez-vous en bien, s'écria Lisbeth, le secret est trop important
pour le confier ainsi à de jeunes
inconnus. Qui sait si tout ceci n'est
point un piége de la maudite comtesse Ursule, s'ils ne sont point en-
voyés par elle ! on ne s'est jamais
repenti de s'être tû ; on se repent
souvent d'avoir trop parlé. Croyez-
moi, Ulrich, ne disons mot. Quoique le Comte ne nous ait pas remis
ses filles directement, nous devons
lui en répondre puisque nous les lui
avons prises ; et s'il les redemande,
il fau' qu'il les retrouve telles que

nous les avons reçues ; laissons partir le jeune homme bien portant, le blessé n'est pas dangereux ; il ne nous échappera pas celui-ci, il ne courra pas après mes filles. Si l'autre va à Montfort, à la bonne heure, il n'y trouvera pas les jeunes Comtesses et reviendra : peut-être apportera-t-il quelques nouvelles; qui vivra, verra alors ce qu'il y aura à faire.

Ulrich convint que c'était le plus prudent ; mais il se fâchait lorsque Lisbeth doutait seulement que Rodolphe fût un Rosenberg. Passe pour l'autre, disait-il, je n'en répondrais pas; quoiqu'il ait aussi sur son écu la rose rouge, et que l'aîné l'appelle son frère, je me rapelle, en effet, que le pauvre Godefroi est imbécile. Ce sera donc son frère d'armes, un bon gentil-

homme aussi, et peut-être un bon
mari pour notre Clara; ce n'est pas
pour rien que la providence a conduit ici ces jeunes gens. Lisbeth
sourit à cette idée, et fit des vœux
pour qu'elle se réalisât.

Lorédan, ou Rodolphe, attendit
quelques jours, en enrageant, le
retour d'Urbain. Voyant qu'il ne
revenait point, et que la jambe de
son frère était loin d'être guérie, il
ne tînt plus à son impatience, et
se décida à partir seul pour Montfort. Godefroi, ou Henri, eut un
instant de regret de ne pouvoir le
suivre; mais un doux regard de
Marie le consola bientôt. Il n'était
pas resté long-tems indécis entre les
deux sœurs. Agathe était plus belle,
mais fière, légèrement dédaigneuse,

et d'ailleurs assez triste. Marie vive,
folâtre, ingénue, toujours chantant,
toujours courant, pleine de grâces
et de gaîté, lui rendant mille petits
soins, et le faisant bien enrager, lui
tourna bientôt la tête. Dès l'aube
du jour elle courait à la montagne,
en revenait avec un faisceau des
fleurs les plus odorantes, les répandait autour du blessé ; et s'il voulait
saisir une de ses jolies mains et la
presser contre ses lèvres, Marie,
plus légère qu'un oiseau, s'éloignait
en riant, et se moquait du pauvre
impotent qui ne pouvait la suivre.
Il voulait alors essayer de marcher,
une douleur le retenait, il jetait un
cri, et la petite railleuse revenait
doucement le gronder, le plaindre et
l'appuyer pour qu'il se replaçât sur

sa couchette. Il bénissait alors, et
sa douleur, et sa blessure, et ne
songeait à Clara de Montfort que
pour la remercier intérieurement
d'en avoir été la cause; chaque instant augmentait son amour pour
Marie. La jeune fille devient aussi
un peu plus sérieuse : elle court
moins vite, chante moins haut; souvent même un soupir étouffe un éclat
de rire. Agathe s'en aperçoit, et
croit de son devoir de sœur aînée
de lui en parler. Chère Clara ! lui
dit-elle en passant un bras autour
de son col. —Pourquoi m'appelles-
tu Clara, je ne suis plus *Clara*, tu
le sais bien; je ne suis que Marie.

Je crains, ma sœur, poursuivit
Blanche, que tu ne te croies en effet
que *Marie Herman*, et rien de

plus; que tu n'aies oublié le noble
nom de *Clara de Montfort*. Le
jeune Henri, il t'intéresse, il t'oc-
cupe; et sa naissance obscure.......
— J'ai cru, chère Agathe, que nous
étions vouées à l'obscurité. — Oui,
pour un tems; mais sans oublier ce
que nous sommes. — Ah! j'ai tout
oublié; je crois ne vivre que depuis
que je respire l'air pur des montagnes
que je suis la fille d'Herman, la
nièce de Lisbeth.—Et l'amie de Henri,
ajoute Agathe; Clara! Clara! ne dois-
tu pas rougir? Elle rougissait, en effet,
mais c'était d'émotion et non pas de
honte; sa sœur venait de l'éclairer
sur le sentiment qui l'entraînait:
trop franche pour cacher ce qu'elle
éprouvait, elle en convint avec
Blanche. J'ai dans l'esprit, lui dit-

elle , que tu retrouveras un jour .
ce beau Lorédan à qui tu fus destinée, et qui te tient encore au
cœur. Moi, qui ne l'étais qu'à un
affreux imbécile, je n'ai rien à regretter, rien à espérer, que de vivre
et mourir où je suis si heureuse.
Blanche l'appela une petite folle,
mais sourit à l'idée de retrouver un
jour son Lorédan. Pour achever de
l'appaiser, et pour appuyer sa pré-
diction, Clara lui tressa dans la
journée un petit anneau de crin
blanc et noir, avec la devise de celui
qu'on avait renvoyé. Ce n'est pas
les diamans que tu aimais, lui dit-
elle en le lui passant au doigt. Porte
celui ci jusqu'à ce que le véritable
te revienne. Comment résister à
Clara ? Blanche l'embrasse et garde

l'anneau, parce que c'était l'ouvrage
de sa sœur, mais non sans éprouver un
certain plaisir de revoir à son doigt
ce beau nom de Lorédan qu'elle
y avait porté si long-tems. Nous
ignorons si Marie s'en fit un à elle-
même avec le joli nom de Henri,
mais nous sommes sûrs au moins
que chaque instant le gravait dans
son cœur en dépit de la raison. Il
lui avait confié qu'il n'était qu'un
jeune troubadour, passionné jusqu'a-
lors pour la guerre, et s'étant at-
taché comme écuyer au chevalier
qui venait de les quitter, et qu'il
ne lui nomma pas. Elle savait bien
qu'un écuyer, un troubadour, n'était
pas un époux digne de Clara de
Montfort; mais Marie Herman le
trouvait bien aimable. Elle avait un

luth dont elle pinçait très-bien, et
qu'Ulrich lui avait procuré. Henri la
pria un jour de l'accompagner pendant qu'il chanterait une romance
qu'il avait composée pour lui donner
une idée de son talent; elle y consentit, et il lui chanta avec l'expression la plus tendre les couplets sui-
vans, qu'elle entendit avec beaucoup
d'émotion, mais sans colère.

Jeune et vaillant apprenti chevalier
De m'illustrer avais bien grande envie;
Le premier pas dans ce noble métier
  Est de faire choix d'une amie.
Croyais aimer un objet inconnu,
  J'allais lui consacrer ma vie;
  Mais depuis que j'ai vu Marie
  Je n'aime que ce que j'ai vu

Dans les combats souvent je fus vainqueur;
Mais à l'amour je cède la partie :
Pour triompher de mon sensible cœur
    Il n'eût qu'à me montrer Marie.
Belle Marie un regard m'a vaincu,
    A tes pieds je pose mes armes;
    Dès l'instant qu'on a vu tes charmes,
    On adore ce qu'on a vu.

Pour inspirer et pour sentir l'amour,
Qu'est-il besoin d'une illustre naissance ?
Reçois les vœux d'un simple troubadour
    Qui te jure amour et constance;
Tes titres sont esprit, beauté, vertu,
    Tout ce qui fixe pour la vie.
    J'ai fait vœu, quand j'ai vu Marie,
    D'aimer toujours ce que j'ai vu.

Pendant que Godefroi compose, chante, aime, et ne pense plus à son frère que pour trembler de le voir revenir, celui-ci faisait mieux

que d'aimer. Arrivé à Montfort, il
entre dans la première chaumière,
se donne pour un neveu de l'écuyer
Urbain, et prie le paysan d'aller au
château avertir son oncle que son
neveu Rodolphe l'attend; resté seul,
il lève les yeux sur l'antique donjon
et sur la tour du nord, où Urbain lui
a dit qu'on avait relégué les jeunes
Comtesses; il croit voir leurs figures
sveltes se mouvoir à travers les bar-
reaux de l'étroite fenêtre. Urbain
arrive et détruit cette illusion. Elles
ne sont plus au château; on les a
conduites au monastère le lendemain
de son départ; et depuis ce jour,
comme une punition du ciel, tout
le château de Montfort est dans la
consternation la plus terrible. En
voici la cause. On se rappelle que

ce même jour Ursule laissa son enfant aux soins du Comte pendant
qu'elle volait à l'incendie de Werneck
pour sauver Théobald ou mourir
avec lui. Le Comte n'avait jamais
fait le métier de bonne et s'y entendait peu; mais enchanté de ce
que son fils prenait plaisir à voir ses
armoiries, et croyant que c'était
l'effet d'un noble sang, il veut les
lui montrer de plus près et l'élève
sur une corniche pour qu'il puisse
les toucher. Le petit garçon se saisi
d'un bouclier d'acier poli, le tire à
lui; le bouclier se détache et tombe
sur la tête de l'enfant, qui roule à
terre sur un parquet de marbre, avant
que le Comte ait pu le soutenir, et
y reste sans le moindre sentiment.
On comprend le désespoir de celui

qui se croyait de bonne foi le père
de ce malheureux enfant qu'il avait
désiré si long-tems et qu'il vient de
tuer, car il se regardait comme
l'unique auteur de cet affreux accident. Cependant on vient, on rappelle le petit garçon à la vie, mais
pour peu de tems. Une horrible
blessure à la tête ne laisse aucun
espoir; depuis ce fatal accident, on
attend sa mort d'un moment à l'autre,
et bientôt sans doute elle sera suivie
de celle du Comte.

Tel fut le récit d'Urbain qui paraissait plus consterné qu'il n'aurait
dû l'être de la perte d'un enfant qu'il
savait bien n'être pas à son maître.

Et l'infâme Ursule, dans quel état
est-elle? demanda Lorédan.

Ursule, sans égard pour le dé-

sespoir de son mari, l'accable de
reproches; elle qui pourrait si bien
lui sauver du moins l'horreur de se
croire parricide, ne cesse de lui
répéter ce mot affreux. Le chevalier
Théobald la console avec l'espoir
d'avoir un autre enfant, et ne la
quitte pas; mais c'est celui-là qu'elle
voudrait conserver un jour, une
heure de plus que son époux; et il
leur est si essentiel que l'enfant lui
survive, que je crains tout, je l'a-
voue, pour les jours du Comte entre
ces deux monstres.

Lorédan leva les yeux et son épée
au ciel avec un vif sentiment d'indignation. Avant la fin de la journée,
dit-il, tu n'auras plus cette crainte;
le comte de Montfort fut sans doute
faible et coupable, mais il fut l'ami

de mon père; il a donné la vie à
Blanche et à Clara; je sauverai la
sienne, je saurai la lui faire aimer.
Il apprendra que s'il fut un père
cruel pour ses adorables filles, il
n'est pas du moins un parricide, et
que cet enfant n'est pas le sien. Ursule et l'indigne Théobald seront
forcés de convenir de leur crime.
Le Comte a-t-il parlé de ses filles?
a-t-il désiré de les revoir? Ici Urbain se trouble, se coupe. Lorédan
presse, insiste; enfin l'écuyer lui
avoue qu'on ne sait ce que sont devenues les jeunes Comtesses, ni le
domestique de confiance chargé de
les conduire au couvent, qu'ils n'y
ont pas paru, et qu'il est bien à
craindre que leur cruelle marâtre
ne les ait fait disparaître pour jamais.

Le Comte s'était rappelé les connaissances d'Ulrich en chirurgie, il l'avait
fait chercher, et avait ordonné qu'on
lui ramenât ses filles, regardant son
malheur comme une punition du
ciel à cause de sa dureté pour elles.
Lui-même Urbain était allé les chercher au couvent de Ste.-Claire qui
n'était qu'à une journée de Montfort;
il avait parlé à l'abbesse, au portier,
à tout le monde, et il lui paraissait
positif que ni l'ancien serviteur, ni
les jeunes filles n'y avaient paru. Il
était revenu la veille avec cette triste
nouvelle, qui avait achevé d'accabler
le Comte. Ursule avait paru surprise,
consternée; mais Urbain ne la croyait
pas moins coupable de cette dispa-
rution.

A la rage de l'indignation succéda

chez le bouillant Lorédan ce calme
sombre qui précède les tempêtes. Ses
joues devinrent d'une pâleur mortelle, ses sourcils noirs se joignirent
sur son front; et ses lèvres décolo-
rées tremblaient en prononçant d'une
voix basse et altérée : il suffit, Urbain, retournez auprès de votre maître,
bientôt vous entendrez parler de moi;
ce soir les coupables ou moi nous
aurons vécu. Ma Blanche adorée
sera vengée d'eux ou de moi. Elle
m'appartenait, et je l'ai laissée entre
les mains des scélérats. J'ai mérité
mon malheur, et,.... Tous ces traits
se contractaient, il fit signe de la
main à Urbain de s'éloigner.

Quand il fut seul, il se promena
à grands pas songeant aux moyens
d'assurer sa vengeance. Il sentait

qu'avec une femme aussi dissimulée, aussi profondément vicieuse, il fallait user de dissimulation. S'il eût suivi son premier mouvement, il serait entré au château, et le poignard sur la gorge, il eût forcé Ursule et son amant de convenir de leurs crimes, et les aurait ensuite abandonnés à la justice divine et à leurs remords. Mais il sentit que cette manière hostile et violente pourrait laisser des doutes sur un aveu arraché par la terreur. Il tâcha donc de se calmer assez pour agir avec prudence ; et quand il se crut sûr de lui-même, il s'achemina vers le château.

Dans la grande salle étaient réunis le Comte, sa femme, le chevalier Théobald et l'enfant à demi-mort

Tome II.   Z

dans son berceau. Le Comte, les yeux fixés sur lui avec une anxiété dont on aurait voulu faire honneur à la tendresse paternelle, semblait attendre son dernier soupir pour y joindre le sien. Son front sillonné par la douleur plus que par l'âge, sa haute taille à demi courbée, son excès de maigreur, ses traits fortement prononcés, inspiraient l'intérêt et surtout le respect. Dans l'embrâsure d'une haute fenêtre, Ursule et son ami parlaient très-bas de quelque chose qui paraissait les agiter beaucoup, et jetaient de tems en tems des regards sinistres sur le groupe touchant du Comte désolé et de l'enfant expirant.

Tout-à-coup la grande porte du fond s'ouvre, un chevalier armé de toutes pièces entre ; sa visière est

baissée, son écu est voilé, une belle
rose blanche décore son casque. Il
s'avance à pas précipités, et se jette
aux pieds du Comte de Montfort.
Noble Comte, dit-il, vous que votre
rang, votre âge, les services que
vous avez rendus à la chrétienté sous
l'étendard de la croix, placent à la
tête des chevaliers de l'Allemagne,
je viens vous demander justice et
requérir un don de vous. Jurez-vous
de m'accorder l'un et l'autre ? ceci
vous dira que j'ai le droit de vous
le demander. Sur sa cotte d'armes
était la croix des grands prieurs de
Malte, que les Rosenberg ainsi que
quelques nobles familles d'Allemagne
avaient le droit de porter en naissant.

Je vous l'accorde, répondit le
Comte avec émotion : puisse le plus

ardent de mes vœux, le rétablisse-
sement de ce précieux rejeton, n'être
pas exaucé, si je vous manque de
parole! Noble chevalier, relevez-vous
et parlez; que demandez-vous de moi!

Puissent vos enfans être rendus à
la vie et prospérer à jamais! péris-
sent tous les ennemis de la noble
race des Montfort! s'écria Lorédan
en jetant un regard du côté d'Ursule
et de Théobald. Noble Comte, un
chevalier traitre et félon m'offense
dans ce que j'ai de plus cher; il en-
tache l'honneur d'une noble famille
que je tiens comme la mienne; il
accable d'outrages celle à qui j'ai
consacré ma foi et mon épée : je
demande contre lui le combat à outrance, et que vous en soyez le
témoin et le juge. Je requiers aussi

la présence de votre noble épouse; les regards de la beauté doivent animer la valeur. Ursule s'inclina, et accordant au chevalier sa demande, le remercia de son compliment flatteur. Celui-ci, sans daigner lui répondre, se tourna du côté du Comte pour lui demander ses ordres.

Qu'il soit fait ainsi que vous le désirez, noble Chevalier, et puisse le ciel diriger vos coups! jamais cause ne fut plus juste, périsse le traître qui vous a si grièvement offensé! Je vais faire préparer la lice, et inscrire les lois du combat. Quel est votre nom? quelles sont les conditions du combat? — Le combat doit durer jusqu'à la mort. Mon nom est Rodolphe de Bohême.

Et celui de votre indigne adversaire ?

Le chevalier Théobald ici présent,
dit Lorédan en s'avançant avec dignité et jetant son gantelet : Théobald, c'est à toi, à toi seul à relever
ce gant; à moins que ta conscience
effrayée ne te fasse préférer au
combat l'aveu de ta félonie. Mais
si ton cœur endurci s'y refuse, Dieu
et mon bon droit en décideront :
ce soir le coupable ou le calom-
niateur auront vécu. Il se tut. Un
silence effrayant régnait dans la salle.
Ursule voulut parler, sa voix expira
sur ses lèvres tremblantes. Théobald
confondu la regardait avec terreur.
Relevez ce gage, Théobald, s'écria
le Comte, ou désormais je vous
regarde comme le plus indigne des

hommes ! il le releva sans dire mot.
—Dans une heure vous me reverrez,
s'écria le chevalier inconnu ; rap-
pelez - vous , Madame , que vous
m'avez promis votre présence , et
que vous la devez à votre chevalier.
Il sort , et le silence règne encore
quelques instans ; le Comte le rompt
enfin. Quel est ce chevalier , Théobald, le connaissez-vous ? quels sont
les torts qu'il vous impute ? — Il
en a menti par sa gorge , s'écria
Théobald ; je ne le connais pas, et
rien de ce qu'il dit ne peut me regarder. Vous triompherez donc ,
reprit froidement le Comte. Rap-
pelez-vous que si le jeune comte de
Monfort vit (et je l'espère à présent
qu'il a pour lui les vœux de la vail-
lance) c'est à vous à le conduire sur

le chemin de la gloire. Ursule, c'est
vous qui m'avez donné Théobald en
me répondant de sa valeur ; ce fut
à vos pieds qu'il prononça son serment, quand à votre prière je l'armai
chevalier, et lui confiai mon fils. Je
n'ai pas besoin de vous en dire davantage: Préparez ses armes, et qu'à
défaut d'autre dame il porte aujourd'hui vos couleurs. Il sort et les
laisse ensemble.

Quel est ce Rodolphe de Bohême,
dirent-ils à la fois quand ils furent
seuls, et que prétend-il? Il se trompe
sûrement, ajoute Théobald, car si
nous avons des torts envers le Comte,
ils ne peuvent le regarder. Non
vraiment, dit Ursule, et je ne crains
rien ; vous allez, j'espère, mériter
le titre de mon chevalier, et celui

qui vous attend et qui bientôt sera votre récompense. Je vais armer le chevalier que je regarde déjà comme mon époux. Elle lui donne sa main à baiser, et sort sans lui témoigner la crainte mortelle dont elle est agitée.

L'heure sonne; la lice est prête, et le chevalier à la rose blanche s'y promène déjà fièrement. Le Comte et la Comtesse paraissent sur le balcon. Le premier n'est pas insensible, malgré sa tristesse, à cette image de ses exploits, à l'honneur d'avoir été choisi pour juge d'un combat à outrance; sa physionomie s'est un peu ranimée. La Comtesse au contraire, tremblante, d'une pâleur mortelle, voit approcher avec effroi le moment qui la privera peut-

*

être de l'homme qu'elle idolâtre, du
père de son enfant, de celui à qui
elle destine la place du malheureux
vieillard dont elle a résolu la mort.
Sa conscience troublée lui dit que
le ciel ne peut servir une pareille
cause ; et quand Urbain, décoré
pour cette occasion du titre de hé-
rault d'armes, proclame par trois
fois *le chevalier Théobald accusé*,
tout son sang se retire vers son
coupable cœur, et déjà elle reçoit
la punition de ses crimes.

Au troisième appel Théobald se
présente, et bientôt Ursule a vu
que sa conscience lui parle le même
langage. La couleur verte dont elle
l'avait orné, ne lui paraît plus l'emblême de l'espérance. Elle n'ose
adresser des prières au Dieu qu'elle

a tant offensé ; elle n'ose même in-
voquer l'amour , et dans ce moment
terrible , il lui semble que si , par
un aveu de leurs crimes, elle pouvait
empêcher le combat, elle en aurait
l'affreux courage.

Le combat a déjà commencé :
Théobald se défend avec vigueur,
il sent trop bien qu'il y va de sa vie;
mais Lorédan méprise la sienne. Il
veut mourir si Blanche n'existe plus,
mais mourir en la vengeant. Il ne
ménage rien, ne songe qu'à triompher. Il a déjà reçu quelques blessures; elles ne font qu'irriter sa valeur;
il serre de plus près son adversaire ,
et saisissant un moment où Théobald
rassemblait ses forces pour fondre
sur lui, il lui enfonce son épée au
défaut de la cuirasse, et l'étend à

ses pieds ; alors il jette ses armes, se précipite sur lui , tâche d'arrêter le sang qui coulait à grands flots. Tu as fini pour ce monde, Théobald, lui dit-il, tâche de sauver ton ame pour un autre. Que le chapelain du château vienne , s'écria le mourant, pour entendre ma confession , et pour me faire espérer, s'il est pos- sible, le pardon de mes péchés. Mais avant que le confesseur pût l'ap- procher , Ursule , la malheureuse Ursule , a franchi les marches du perron , s'est précipitée à côté de son amant , l'appelle à grands cris des noms les plus passionnés , et dans le délire de sa douleur laissé échapper tous ses odieux secrets. Laissez - moi , disait-elle au Comté qui voulait l'emmener et cacher en-

core ses honteux aveux, laissez-moi,
vous qui l'avez conduit à la mort.
Quelques momens encore , et la
vôtre eût sauvé mon Théobald. Que
m'importe qu'on le sache? j'ai la vie
en horreur : vous n'inventerez pas
des supplices plus cruels que ceux
que je souffre..... Théobald, mon
bien aimé, le seul père de l'enfant
que ce monstre a tué. Mon Théobald, faut-il mourir sans te venger!
Elle se saisit d'une épée, on la retient, on la désarme; mais elle expire
quelques instans après étouffée par
la douleur et la colère, et tombe
à côté de son complice. Celui-ci
respirait encore; le confesseur, pen-
ché sur lui, la croix à la main, écoutait ses aveux, son repentir, et lui
faisait espérer la miséricorde du ciel;

Il demanda le Comte et le chevalier
Rodolphe. Je vous pardonne ma
mort, dit-il au dernier; elle est la
juste punition de mes perfidies envers mon protecteur , et de ma
liaison avec son indigne épouse ;
elle avait précédé son mariage ; le
fruit de notre amour existait dans
son sein quand elle devint comtesse
de Montfort. C'est par mon conseil
que son père vous demanda pour
tuteur, dit-il au Comte, dans l'espoir
que cette relation , grâces à l'adresse
d'Ursule , lui procurerait une place
honorable et un sort brillant à notre
enfant. Deux jours de plus et vous
n'existiez plus. Il importait trop à
Ursule que votre héritier vous sur-
vécût. Le ciel est juste, il a envoyé
ce brave chevalier pour sauver votre

vie et punir les coupables. Puisse
notre mort expier tant de forfaits !
Rends-moi mes filles, s'écria le
Comte, et je te pardonne. Monstre,
qu'ayez-vous fait de mes innocentes
filles? Je l'ignore, dit le mourant,
sur la grâce de Dieu que j'implore !
sur mon ame ! Je jure que j'ignore
ce qu'elles sont devenues, Ursule...
Il expira sans avoir pu achever. Depuis le moment où cette malheureuse femme était tombée inanimée,
Lorédan, secondé d'Urbain avait
fait de vains efforts pour la rappeler
un instant à la vie, et tâcher d'apprendre ce qu'elle avait fait de
Blanche et de Clara. Tout fut inutile, elle n'existait plus. Un paquet
tomba de son sein ; c'était un poison
très-actif destiné sans doute au Comte.

Ce pauvre vieillard était dans l'état
le plus cruel , et se croyait aussi près
de sa fin. Il demanda à grands cris
son libérateur. Rodolphe s'approche,
se prosterne à ses côtés , le conjure
de vivre. Qui êtes-vous? lui dit le
Comte , vous qui semblez envoyé
du ciel pour me sauver et dessiller
mes yeux trop long-tems fermés.
Vous qui pouvez tout , rendez-moi
mes filles si vous voulez que je vive.
C'est moi qui les ai envoyées à
la mort. O ma Blanche ! ô ma
Clara ! qu'êtes-vous devenues ? où
êtes-vous ? Je parcourrai le monde
entier pour les retrouver , s'écrie
Rodolphe. Elles seules ont conduit
mon bras et dirigé mes coups. Qui
plus que moi à le droit de les
chercher ? Je suis ce Lorédan de

Rosenberg , dit-il en déchirant le
voile qui couvrait son écu, nommé
par vous pour être l'époux de votre
fille Blanche, qui négligea trop long-
tems ce bonheur, que vous en vou-
lûtes priver, et qui vient le recon-
quérir. Ou Blanche et Clara n'existent plus , ou je les retrouverai ,
soyez-en sûr. Je vous quitte pour
aller chercher mon jeune frère : il a
dévoué sa vie à Clara comme moi à
Blanche ; Godefroi aussi , saura mériter d'être votre fils.

Godefroi ! s'écria le Comte , cet
enfant disgracié. Urbain, ne m'avez-
vous pas dit..... J'ai dit ce que
je croyais, répond Urbain: on nous
avait trompé , puissions-nous toujours l'être de même ! votre filleul

Godefroi est le plus beau et le plus aimable des chevaliers.

Le Comte avait trop de torts à faire oublier pour n'être pas indulgent sur ceux des autres. Il embrasse le fils d'Everard, le sien, et lui promit pour lui et pour son frère la main de ses filles, s'il pouvait les retrouver. Dès le lendemain Lorédan se mit en route ; et le Comte désirant de fuir quelque tems le théâtre de ses fautes, de son malheur, le souvenir de la coupable Ursule, et le malheureux enfant prêt à la suivre au tombeau, voulut partir avec lui pour chercher aussi ses filles, malgré sa faiblesse. On faisait de petites journées, en s'informant partout des jeunes comtesses de Montfort ; on n'en apprenait rien. Lorédan avait

pris le chemin qui conduisait au
châlet où il avait laissé son frère,
mais ne voulant pas faire gravir la
montagne au Comte, celui-ci des-
cendit avec Urbain et sa suite dans
le même village et à la même auberge
où les jeunes chevaliers s'étaient ar-
rêtés. Lorédan se hâta d'aller chercher son cher Godefroi avec l'espoir
de le trouver guéri, et impatient de
lui conter ses hauts faits. Il arrive,
et la première chose qu'il voit, c'est
son frère assis sous un groupe de
mélèzes avec Marie, lui répétant sa
douce romance et le serment de
l'aimer toujours. Marie aperçut la
première le beau Chevalier; inter-
dite, elle se lève et s'échappe avec
la légèreté d'un oiseau. Godefroi se
lève aussi et court après elle, et

Lorédan après lui, se félicitant de
ce que la jambe de son frère est si
bien guérie. Il l'appelle ; Godefroi
reconnaît sa voix, et bien sûr de retrouver Marie, il vole dans les bras
de Lorédan. Grâces au ciel, dit
celui-ci, je te retrouve en bon état
et je t'emmène ; va mettre ton ar-
mure et partons.

Godefroi. Moi je ne pars point, je
reste, j'en ai fait mille fois le serment,
et jamais un chevalier ne manque à
sa parole.

Lorédan. N'avais-tu pas fait celui
de délivrer les comtesses de Montfort?

Godefroi. Oh ! je n'avais pas vu
Marie, et il répète avec transport, *on fait vœu, quand on voit
Marie, d'aimer toujours ce qu'on
a vu.*

Lorédan. Oh Dieu ! c'est Marie, c'est une villageoise qui captive Godefroi de Rosenberg ; c'est à elle qu'il veut sacrifier son bonheur, son illustre race, sa Clara et mon amitié ! Godefroi, reviens à toi, rougis de ton choix, de ton égarement.

Godefroi. Moi rougir d'adorer Marie ? jamais ! jamais ! elle mérite tous les sacrifices, excepté cependant celui de l'honneur et de ton amitié. Tu l'as dit, Lorédan, ces deux mots me font rentrer en moi-même ; mais je puis tout accorder, je te demande un jour, un seul jour, pour m'engager à jamais à Marie, pour l'obtenir de ses parens, et demain je te suis, je vais avec toi délivrer les comtesses de Montfort, et je reviens auprès de Marie. Vous me pardonnerez tous quand vous la connaîtrez. Et il chante encore avec passion : *Ses titres sont esprit, beauté, vertu,* etc., etc.

Content d'avoir obtenu que son frère le suivît, Lorédan n'insiste plus, mais lui dit en riant : Quand tu auras assez chanté, je te raconterai ce que je viens de faire à Montfort ; et ce ne sont pas là des chansons. Godefroi se tait et passe son bras sous celui de son frère, qui lui raconte en cheminant son histoire tragique, son combat, tout ce qui s'est passé. Je me suis engagé pour toi comme pour moi, lui dit-il en finissant, que nous parcourrons la terre et les mers pour retrouver les filles du Comte; ce seul espoir lui rend la vie. Malgré son âge, il veut nous suivre. Il nous attend au village., tromperais-tu l'espoir d'un malheureux père, d'un illustre chevalier? Un amour indigne de toi te fera-t-il oublier des devoirs aussi sacrés? et.... Il est interrompu par la plus charmante des apparitions. Agathe et Marie, les bras entrelacés, avançaient au-devant d'eux; un peu d'émotion animait leur teint. Blanche, assez pâle ordinairement, était ravissante. C'était, comme disait Urbain, un bouquet de lis et de roses. Sa sœur lui avait dit le retour du beau chevalier dont la noble figure et l'air martial lui avaient plu; elle fut charmée de le revoir, et proposa à sa sœur d'aller

l'inviter à venir se reposer au châlet.
Elle lui fit son compliment avec
grâce et timidité, et dans les meilleurs
termes. Lorédan, frappé de tant
de beauté, la regarde et l'écoute
avec admiration ; il se sent déjà plus
d'indulgence pour son frère. Celui-
ci s'est emparé du bras de Marie,
et pressé de lui parler de son départ,
mais surtout de son retour, il
s'éloigne avec elle, et laisse Lorédan
tête à tête avec la belle Agathe. Ils
arrivent au groupe de mélèzes où
Henri et Marie avaient établi un
joli banc de mousse qui invitait à
s'asseoir. Ils s'y placent : Agathe est
émue, et pense en elle-même que
ce beau chevalier vaut bien peut-
être l'ingrat Lorédan de Rosenberg.
Lorédan appelle à son secours l'i-

mage de l'inconnue Blanche, les
lois de la chevalerie, le comte de
Montfort, et trouve tout cela bien
faible contre la belle Agathe. Il lui
parle de ses charmes, et du danger
qu'il court auprès d'elle; elle rougit,
lui répond avec modestie et noblesse,
lui rappelle qu'elle n'est qu'une villageoise, et qu'il est sans doute un
noble chevalier. Elle lui parle des
devoirs de cet état, des siens, et
tout cela avec un choix de termes
élégans, une noblesse de sentimens
qui étonnent et ravissent le chevalier.
Sans savoir lui-même ce qu'il fait,
il prend une main plus blanche que
l'ivoire, il va la porter à ses lèvres....
Dieu! qu'a-t-il vu? Son nom sur le
simple anneau de crin dont cette
main est ornée; il ne peut en croire

Tome II.   8

ses yeux, il jette un cri, il tombe à ses pieds. Ah ! lui dit-il avec transport, fille céleste, si tu n'es pas Blanche de Montfort, ma Blanche promise, adorée, ton Lorédan est le plus malheureux des hommes ! Avant même qu'elle eût pu lui répondre, ils s'entendent appeler à grands cris; ils voyent accourir à eux, comme l'éclair, Henri et Marie, ou plutôt Godefroi et Clara. La confidence de Godefroi à son amie avait amené une explication. Aux noms de Rosenberg et de Montfort, Clara s'était nommée, et l'heureux Godefroi, ivre de joie et de bonheur, accourait vers son frère qu'il trouva aussi heureux que lui. Ce sont-elles; c'est Blanche, c'est Clara, c'est Lorédan, c'est Godefroi, ce sont

les quatre plus heureux mortels qu'il
y ait sur la terre. Ulrich et Lisbeth
arrivent et sont presque aussi contens. On allait partir pour rejoindre
le Comte, lorsqu'un bruit de chevaux
se fait entendre ; c'était lui, avec
Urbain et l'hôte qui leur servaient
de guide. En vidant la bouteille avec
l'écuyer, l'hôte avait parlé des belles
filles de la montagne. Urbain trouva
qu'elles ressemblaient beaucoup à
ses jeunes maîtresses. Il questionna
l'hôte, lui nomma la tante Lisbeth,
le père Ulrich. Il n'en fallut pas
davantage, il court au Comte, lui
fait part de sa découverte, elle lui
rend toutes ses forces ; il monte à
cheval et les voilà tous réunis dans
le chalet de Lisbeth. Tous sont aux
pieds et dans les bras du Comte.

Ah ! dit-il en serrant ses quatre enfans contre son cœur, combien
long-temps j'ai méconnu le bonheur!
mettez-y le comble en me conduisant
à mon Everard.

On part pour le château de Rosenberg, on y arrive, et il n'est pas
besoin de dire comment on y est
reçu, combien le bon Everard est
content de retrouver son frère d'armes et ses fils, comme la Baronne
trouva jolies ses deux belles-filles,
comme ils furent tous heureux.

On maria les quatre amans le lendemain de leur arrivée.

Lisbeth et Ulrich étaient au comble
de la joie ; je le savais bien, disait Ulrich, que la rose rouge ne me trompait pas.

Blanche retrouva son petit portrait

de naissance sur la table où Lorédan l'avait jeté avec tant de mépris. En le regardant, elle lui pardonna d'avoir été si peu pressé de voir l'original, et voulut à son tour l'envoyer dans les fossés du château. Non, dit Lorédan en le replaçant sur son cœur; ce qui me retrace le jour de naissance de Blanche est mon bijou le plus précieux. Pendant ce tems-là, Godefroi aux genoux de Clara lui demandait pardon d'avoir cru qu'elle était laide. Marie Herman m'a vengée, lui dit-elle en riant. Ils restèrent tous à Rosenberg jusqu'à la mort du Comte, qui ne voulut pas retourner dans son châtel, et qui eut le plaisir d'embrasser et de bénir, avant la fin de sa carrière, un petit *Godefroi de Montfort* qui était bien son petit-fils.

ANECDOTES

SUR LA

SCIENCE DES PHYSIONOMIES.

imité de l'Allemand.

—

ON peut avoir le meilleur cœur du monde et le zèle le plus ardent pour la vérité, s'enthousiasmer pour les erreurs les plus funestes et les répandre. Lavater en fournit la preuve, il imagina que l'étude des physionomies pourrait contribuer au bon-

heur des hommes et augmenter l'a-
mour qu'ils devoient avoir les uns
pour les autres. Bientôt il se per-
suada qu'on pouvoit en faire une
science exacte fondée sur des principes certains et soumise à des règles
invariables. L'idée était neuve, il la
répandit avec le feu et la chaleur
qui le caractérisoient. Tout enthousiasme est contagieux, et le sien se
répandit et se communiqua rapide-
ment surtout en Allemagne ; on
rassembla des portraits, des dessins ;
des cabinets entiers se remplirent
de ces profils qu'on nomme silhouet-
tes ; on mesura avec exactitude le
front, le nez, les coins de la bouche
et toutes ses connaissances ; on tira
des inductions immanquables, du
moindre pli de la plus petite ride

pour expliquer le caractère moral
de toutes les personnes qui étaient
déjà bien connues, et on se trompa
sans cesse sur les traits de celles
qu'on connaissait peu ou point du
tout. Quelques observateurs plus
froids voulurent s'opposer à l'erreur
commune, on se moqua d'eux ; ils se
turent et haussèrent les épaules.
Cependant la chaleur de cet enthousiasme se refroidit peu à peu, ainsi
qu'il arrive toujours : on s'aperçut
qu'on portait les jugemens les plus
faux. On commença à douter, on ap-
profondit, on compara et on prêta
l'oreille aux leçons de l'expérience
et du vieux bon sens. Aujourd'hui
on peut enfin dire tout haut que
rien au monde ne seroit plus dé-
sastreux que cette prétendue con-

naissance des physionomies, si jamais
on pouvait en faire une science dans
les formes; et qu'il y aurait beaucoup plus à perdre qu'à gagner.

« Si l'on pouvait jamais à des signes certains,

» Connaître à fond le cœur des perfides humains. »

Mais enfin ces signes n'existent
pas. Les deux anecdotes suivantes,
très-vraies et très-authentiques, prou-
veront du moins qu'il y aurait tant
d'exceptions à faire aux règles dans
cette science, que ces règles mêmes
ne seraient plus d'aucun usage.

LE BEAU JEUNE HOMME.

PREMIÈRE HISTOIRE.

Un jeune homme d'une famille distinguée et opulente étudiait dans une université d'Allemagne, nous le nommerons Lemberg ; il était de la figure la glus avantageuse et portait la physionomie la plus séduisante ; tous les traits de son visage étaient en rapport et dans les plus heureuses proportions ; son front, surtout la coupe de son nez grec, et son beau regard annonçaient d'après les règles infaillibles de Lavater, candeur et noblesse ; il avait dans son sourire cette expression d'affabilité et de grandeur qu'on sent

mieux qu'on ne peut l'exprimer.
Tous les hommes éprouvaient en
l'abordant un sentiment de bien-
veillance et même de respect, et
toutes les femmes une admiration
bien tendre et bien exaltée. Celles
qui avaient un peu de littérature
l'appelaient *l'Apollon du Bélvéder*,
les autres *le beau jeune homme*,
et toutes enviaient sa conquête.

Une chambre dans les mansardes
de la maison où demeurait le plus
beau des hommes, étoit occupée
par une jeune orpheline qui vivait
d'un petit commerce de modes,
qu'elle venait de commencer et du
travail de ses mains. Elle avait vingt
ans, de la beauté, des grâces, et
jouissait d'une réputation intacte.
Lemberg la rencontrait quelquefois

sur l'escalier et elle lui avait plu ?
sans doute elle le trouvait aussi
très-beau ; mais à peine se permettait-
elle de le regarder et passait modes-
tement à côté de lui les yeux baissés
et si vîte qu'il ne pouvait engager
d'entretien ; il est impossible, pensa-t-
il, qu'avec cette physionomie elle
ne soit pas compatissante ; essayons
de ce moyen.....et cette fois la
physionomie de Julie ne le trompa
point.

A leur première rencontre sur
l'escalier après l'avoir saluée poliment
et passé sans s'arrêter, elle entend
un cri perçant, se retourne et voit
le beau jeune homme assis sur une
marche, soutenant sa jambe et venant,
disait-il, de se heurter si vitement et
si maladroitement contre la balus-

trade de fer, qu'il craignait de s'être cassé l'os de la jambe.

Grand Dieu, dit Julie effrayée, que faut-il faire, je vais vîte appeler un chirurgien. Non, non, Mademoiselle, ce n'est qu'une contusion et je sens que je puis marcher, dit-il en se levant avec peine et s'appuyant sur la balustrade, si seulement vous étiez assez bonne..... mais en vérité je n'ose.....

Dites, Monsieur, voulez-vous que je vous aide à monter jusqu'à la porte de votre chambre?.... il fallait traverser un palier; elle s'avance, lui présente son bras, sur lequel il s'appuya assez fortement en feignant de boîter très-fort et en lui faisant mille excuses. Ce ne sera, dit-il, qu'une forte écorchure qu'un peu d'eau

fraîche guérira, c'est là, Mademoiselle, ce que je n'osois vous demander;
et ce qu'il est bien aisé de vous
donner, Monsieur, lui dit-elle, et
le laissant appuyé contre la porte,
elle courut chez elle.

Dès qu'il l'eût perdu de vue,
il se redressa et fut en deux sauts
dans sa chambre, étendu sur une
chaise longue ne doutant pas que
sa compatissante voisine ne lui vint
apporter de l'eau et se promettant
bien d'employer ce moment à lier
connaissance. Il fut à demi trompé
dans son attente; Julie revint en
effet, avec un vase d'eau, mais accompagnée du propriétaire de la
maison, qui logeait au troisième et
qu'elle avait appelé en passant, j'ai
pensé dit-elle en entrant, que Mr.

Ekelin vous serait plus utile que moi
pour tirer votre botte et panser
votre jambe , je désire , Monsieur,
que vous soyez bientôt guéri ; et avec
un doux sourire , elle posa le vase
d'eau sur la table et ressortit. Lemberg
était si consterné qu'il ne songea
pas même à la remercier ; nous ne
savons comment il se tira d'affaire
avec l'honnête bourgeois pour ne
pas lui montrer sa jambe où il n'avait
pas le moindre mal ; mais depuis ce
moment il ne pensa plus qu'aux
moyens de séduire cette charmante
petite fille à qui les difficultés et
la sagesse prêtaient encore de nou-
veaux attraits. A peine put-il attendre
deux jours pour lui reporter son
vase et la remercier ; il trouva la
porte fermée, ce fut Mme Ekelin

qui vint lui répondre. « Si vous avez
quelque commande d'ouvrage à faire
à Mlle Julie ; lui dit-elle, c'est moi
qui les reçois et vous n'avez qu'à
dire ; — je venois, Madame, lui rapporter ce vase et la remercier. »
Donnez seulement, Monsieur, le vase
est à moi et je ferai votre commission,
bien aise que vous soyez guéri ; — et
il fut obligé de retourner comme
il était venu, sans avoir aperçu Julie.
Cette vertueuse jeune fille s'était
fait une loi, dans sa position isolée,
de ne point recevoir d'homme ;
mais elle recevait avec grand plaisir
les Dames, qui venaient acheter
chez elle ou lui commander quelque
ouvrage ; Lemberg sut intéresser à
la jeune marchande plusieurs Dames
de sa connaissance pour qui ses

moindres paroles étaient des oracles,
et Julie, qui était peu connue eut
bientôt des pratiques et plus d'ou-
vrages qu'elle n'en pouvait faire; elle
apprit de ces Dames même, que
c'était à son voisin qu'elle les devait
et ne put s'empêcher d'être touchée de
la reconnaissance de ce bon et beau
jeune homme, pour un service aussi
léger et de le remercier à son tour
de l'intérêt qu'il prenait à elle; depuis
l'accident prétendu on se disait toujours quelques mots en passant,
peu à peu on s'en dit davantage,
mais Lemberg n'avait point obtenu
l'entrée de l'appartement de la petite
marchande; enfin un jour qu'il avait
vu sortir Mme Ekelin, il monta rapi-
dement, heurta, prétexta une commission pressée d'une des meilleures

pratiques de Julie se fit ouvrir, et se conduisit si respectueusement, si décemment, que Julie se tenait comme ingrate en ne faisant pas une exception pour lui ; il était si beau que sans se l'avouer elle ne résistait pas au plaisir de le regarder et de l'admirer tout à son aise, et il avait l'air et le ton si parfaitement honnête qu'elle crût n'avoir rien à craindre, et se félicitait même d'avoir trouvé un ami qui, loin de chercher à l'égarer, louait sa bonne conduite et sa modestie, et l'engageait à y persister. Elle consentit donc à le recevoir de tems en tems, puis plus souvent ; et il se conduisit avec tant d'adresse et de retenue que loin de redouter aucun danger, elle le regardait comme un protecteur,

dont elle remerciait le ciel. —Lorsqu'il
la quittait, elle lui demandait quel
jour il viendrait la revoir, et il le
nommait assez éloigné pour qu'elle
ne pût avoir aucun soupçon du sentiment qui l'attirait chez elle ; —Julie
était réellement trop innocente pour
arrêter sa pensée sur un danger
dont rien ne lui donnait l'idée, peu
à peu cependant son ami devenait
plus familier; mais sans qu'elle eut
encore à s'en plaindre ; un soir en
la quittant il l'embrassa, mais si
fraternellement qu'elle ne pût s'en
fâcher; le lendemain il revint, et
Julie alors fut effrayée, parce qu'il
mettait ordinairement plus d'intervalle
entre ses visites, elle craignit d'avoir
été trop amicale la veille et cette
fois il trouva une résistance inébran

lable même à la plus légère faveur,
elle refusa même de lui laisser prendre
la main qu'il serrait toujours dans
les siennes lorsqu'il entrait ou sortait, peut-être Julie dans sa frayeur
allait-elle trop loin, elle lui donnait
l'occasion de se plaindre, de s'affliger,
de douter de son amitié et rien ne
rend un homme plus dangereux. Il
pria, pleura, tomba à ses pieds; Julie
fut émue mais inexorable, il obtint
cependant son pardon après avoir
juré de rester dans les bornes d'une
simple et pure amitié; il le promit,
il eut l'air de tenir parole et Julie
reprit sa sécurité.

Un jour en entrant chez elle, il
la trouva toute en pleurs et voulut
absolument en savoir la cause. Elle
répugnait à la lui dire, mais il lui

jura qu'il ne sortirait pas de chez
elle qu'elle ne lui eût confié, comme
à un véritable ami, le sujet de sa
douleur. Il apprit enfin qu'un négociant de Lyon, chez qui elle
achetait ce qu'il lui fallait pour son
commerce, avait tiré une lettre de
change à vue sur elle de cent écus,
et que ne pouvant les payer, elle
allait être conduite en prison. Julie
était dans un désespoir qu'elle ne
pouvait cacher à son ami, mais ne
pensait pas même à le prier de lui
prêter cette somme. Lemberg mineur encore, et fils d'un père très-
avare, quoique très-riche, était bien
loin d'avoir cet argent, mais il connaissait à l'université un homme qui
était son compatriote et chez qui il
allait quelquefois ; il savait, par

hasard , que cet homme nommé
Risfeld venait de recevoir un remboursement considérable ; il court
chez lui , demande à lui parler en
particulier , et avec son regard et
son sourire irrésistible , il lui dit
en l'embrassant, vous pouvez, cher
Risfeld , me sauver la vie ; j'ai
un besoin pressant, absolu, de cent
écus , si vous refusez de me les prêter
vous me réduirez au désespoir , et
il n'y a pas d'extrémité à laquelle
je ne me porte ; je suis mineur, il
est vrai , mais honnête homme ;
vous connaissez mon père ; vous
savez comme il est riche et avare ;
il me donne à peine de quoi fournir
à mon entretien , et cependant je
n'ai pas fait encore de dettes ; c'est
vous dire que je suis sage et rangé , je

vous ferai mon billet de ces cent écus,
et dès que je serai émancipé je vous
rendrai cette somme avec les intérêts,
et j'y joindrai une éternelle reconnaissance ; l'honnête Risfeld le regardait attentivement , il m'est impossible de ne pas vous croire , lui
dit-il, il n'y a qu'à vous voir pour
être sûr que vous ne voulez pas
faire un mauvais usage de cet argent,
et qu'il me reviendra ; à qui se fierait-
on , si ce n'était pas à cette physionomie , elle est pour moi la plus
sûre des cautions ; voilà cent écus.
Lemberg lui fit son billet , l'embrassa
encore en le nommant son bienfaiteur et courut porter cette somme
à Julie : chère et bonne fille , lui
dit-il, payez votre lettre de change ,
et voyez en moi un ami. Julie tou-

jours en pleurs fut si étonnée qu'elle
ne put proférer une parole ; long-
tems elle resta immobile sur sa
chaise, les yeux fixés à terre ; enfin
elle se lève, tombe à genoux, lève
les mains au ciel; oh, mon Dieu! s'é-
crie-t-elle, grâces te soient rendues.
Avant que de se relever elle posa
ses lèvres sur la main de Lemberg ;
oui, mon ami, lui dit-elle, enfin, je
suis pauvre, vous êtes riche, j'accepte
ce service si grand, si essentiel et
qui m'est une preuve si réelle de votre
amitié, je l'accepte, non point comme
un don, mais comme un prêt, je travaillerai jour et nuit pour vous le
rendre peu à peu. Lemberg com-
battit cette idée, elle persista. Cette petite dispute de générosité dura quelque
tems, le jour commençait à tomber,

Tome II. 9

Julie voulait aller chercher de la
lumière , Lemberg prolongeait la
visite plus qu'à l'ordinaire ; mais
aurait-elle osé renvoyer de chez
elle celui qui venait de lui rendre
un si grand service ; depuis trois
jours qu'elle étoit dans les plus
cruelles angoisses, sans manger, sans
dormir , pleurant continuellement ;
elle était très-affaiblie et se laissait
aller, sans défiance, à se reposer doucement près de l'être bienfaisant à
qui elle devait le retour de sa tranquillité et la plus vive, la plus tendre
reconnaissance. -- L'indigne Lemberg
sut profiter de ce moment d'abandon,
il aurait fallut un miracle pour sauver
Julie et il ne se fait plus de miracles :
Julie fut dans un désespoir qui prou-
vait assez que sa volonté n'avait eu

nulle part à sa faiblesse. Lemberg
fut obligé de la quitter sans avoir
obtenu, même un regard, et un seul
mot, de l'infortunée Julie, elle ne
lui fit aucun reproche, elle se les
adressait tous à elle-même, cette
nuit fut mille fois plus cruelle que
les précédentes. Lorsque Lemberg
fut sorti et la porte bien fermée, elle
se mit à genoux devant une chaise,
et y resta jusqu'au jour noyée dans
les larmes, priant Dieu de lui pardonner sa faute et de la recevoir
dans son sein; l'or de Lemberg était
encore sur sa table; à présent il lui
faisait horreur, et la seule pensée
d'en faire usage la révoltait, mais
son débiteur allait venir, le terme
était expiré, que ferait-elle? sa raison
était sur le point de l'abandonner,

elle entend frapper à sa porte , elle
frémit , est-ce Lemberg ? est-ce
celui qui vient chercher une somme
qu'elle regarde actuellement comme
le prix de son déshonneur , mais elle
a entendu une voix de femme , elle
ouvre ; on lui remet un billet et un
rouleau d'une dame de la ville qui
lui devoit un assez gros compte : « J'ai
» appris par hasard, Mademoiselle, »
» lui disait-elle, que vous alliez être
» poursuivie pour cent écus, j'ai tou-
» jours eue la meilleure opinion de
» votre conduite ; l'embarras où vous
» vous trouvez, me confirme com-
» bien vous méritez l'intérêt que vous
» m'inspirez ; une personne de votre
» état, aussi jolie que vous l'êtes,
» ne manque ni de ressource ni de
» protecteurs ; si elle veut manquer

» de vertu, la vôtre, ma chère
» Julie, doit trouver des amis dont
» elle n'ait pas à rougir, et je
» m'estime heureuse de pouvoir vous
» aider dans cette circonstance. —
» Vous trouverez dans le rouleau
» qui accompagne ce billet trente
» écus pour l'acquit de l'ouvrage
» que vous m'avez fait, et soixante
» et dix pour celui que vous me
» ferez; allez bien vite acquitter
» votre dette, n'en contractez ja-
» mais que l'honneur n'ose avouer,
» soyez toujours aussi sage que jolie,
» et comptez sur mon amitié. »

Am. de B.

Dieu ! que Julie eut été heureuse
en recevant cet envoi un jour plus tôt,
à présent, il ajoute encore à son an-

goisse intérieure, aux reproches de
sa conscience, c'est au moment qu'elle
vient de manquer à la vertu, qu'on
lui en donne la récompense, peut-
elle l'accepter sans la plus insigne
fausseté ? oui, elle le peut ; car
malgré ses déchirans remords et
même par eux ; Julie sent encore
au fond de son cœur qu'elle ose
se dire vertueuse, sa vie entière re-
parera l'erreur d'un moment, et
Dieu sans doute la lui pardonne,
puisqu'elle reçoit ce secours ines-
péré ; au milieu de sa douleur, elle
éprouve un moment de plaisir à la
pensée qu'elle n'aura plus d'obliga-
tion à celui qu'elle aime peut-être
encore, mais qu'elle ne reverra
jamais. Après avoir remercié, non
sans rougir, sa généreuse bienfai-

trice, elle prend l'or de Lemberg
et va l'attendre sur la porte de la
maison. — Il rentrait chez lui, et la
voyant de loin, persuadé que le
désir de le revoir quelques instans
plus tôt l'a conduite là ; il se hâte
d'avancer et de la joindre, quelle
est sa surprise, lorsqu'elle lui remet
son argent, en lui disant avec dignité,
reprenez-le, Monsieur, c'est le seul
moyen qui vous reste de diminuer
ma honte et mon malheur. — Julie,
et votre dette ? — elle est acquittée,
Monsieur, Mde. de ** est venue à
mon secours, mon désespoir est à
présent de ne plus mériter ses bontés ;
mais j'en rougis moins que des vôtres,
elle lui remit la bourse ; il la reprend,
en lui disant qu'elle pouvait dans tous
les tems compter sur lui. Elle le

quitte en silence, il avait trop mauvaise opinion des femmes pour ne
pas croire qu'il lui serait facile à
présent de vivre avec elle comme il
le voudrait : — il se trompait, cette
jeune fille revenue à elle-même et à
ses principes innés de vertus, dé-
plorait sa faiblesse d'un moment, et
n'y retombe plus, quoiqu'elle ne pût
toujours éviter de revoir Lemberg
ou de recevoir de ses lettres, mais
tout son art, toutes ses séductions
échouèrent contre une volonté iné-
branlable et qui avait d'autant plus
de mérite que Julie aimait, et que
c'était la seule excuse de sa faiblesse
qu'elle pût admettre ; la reconnaissance jointe à l'amour avait pu l'égarer
un instant, l'amour seul n'eut plus
ce pouvoir, exemple bien rare ! car

presque toujours une première faute
n'est pas la dernière et sert de prétexte à celles qui suivent, mais il
n'en fut pas ainsi de Julie, Lemberg
déploie en vain son éloquence, réclame en vain les droits qu'elle lui
avait donnés, ceux de la vertu et
du repentir l'emportèrent ; un jour
en sortant de chez elle , rebuté et
presque irrité de ce qu'il appelait un
caprice impardonnable; il reçut une
lettre qui lui annonçait que son père
était à l'extrémité et voulait le voir ;
il partit en poste , lui rendit les
derniers devoirs , devint possesseur
d'une fortune considérable , et revint au bout de six mois à l'université , son premier soin fut d'aller
voir Julie qu'il ne pouvait oublier
et qu'il espérait encore de trouver

moins rebelle : il entre , à peine peut-il la reconnaître , au lieu de cette fraîcheur brillante, il retrouve une figure pâle, maigre et des yeux enfoncés à force de pleurs ; sa taille si élégante, si svelte était enveloppée dans une robe négligée et un mantelet de malade , elle jeta un cri en l'apercevant ; Dieu ! Lemberg, vous revenez, je vous revois; hélas ! vous ne retrouvez plus que l'ombre de Julie ; — mais vous la sauverez de l'opprobre et de la misère ; je recevrai tout à présent du père de mon enfant. — De votre enfant, Lemberg frémit, il questionne ; la malheureuse Julie victime d'un instant de foiblesse allait être mère , elle conjura Lemberg d'avoir pitié d'elle et de l'aider à

cacher sa honte... Il ne répondait
rien, et se promenait dans la chambre
avec l'air de très-mauvaise humeur,
c'est malheureux, dit-il enfin, en se
rapprochant lentement d'une table :
voilà, Mademoiselle, tout ce qu'il
m'est possible de faire pour vous, —
il posa un double louis sur la table
et sortit, que l'on juge du désespoir
de Julie ; elle lui écrivit ; sa lettre
aurait amolli le cœur le plus dur :
« Je porte la peine de ma faute, »
lui disait-elle, « mais Lemberg, est-
» ce à vous à aggraver ma punition ?
» je ne vous demande qu'un asile
» secret pour mettre au monde l'être
» infortuné qui vous doit la vie, et
» de le protéger si je succombe à
» mes douleurs ; si Dieu m'accorde
» la vie et la santé, je travaillerai

» jour et nuit pour cet enfant que
» j'aime déjà malgré tout ce qu'il
» me coûte ; et je ne vous impor-
» tunerai plus ; mais dans cet affreux
» moment à qui puis-je avoir re-
» cours qu'à vous seul au monde ?
» donnez-moi, ah ! donnez-moi vos
» conseils, vos ordres, dites-moi
» ce que je dois faire, ce que je
» dois devenir, où je dois aller
» cacher ma honte et mon déses-
» poir ; soyez encore quelques ins-
» tans, l'ami et le bienfaiteur de
» la mère de votre enfant, de l'in-
» fortunée Julie. »

Cette touchante lettre resta sans
réponse, elle écrivit encore, et
plusieurs fois, même silence. Enfin,
elle se décida à ce qui lui coûtait
plus qu'il n'est possible de l'exprimer,

à faire l'aveu de sa situation à ses
hôtes Mr. et Mme. Ekelin, qui
l'avaient toujours protégée et n'en
furent pas moins durs pour elle;
Mme. Ekelin lui reprocha , avec
amertume d'avoir reçu Lemberg
chez elle ; et lui dit qu'elle avait
toujours prévu qu'elle finirait mal ;
le vieux Ekelin fut plus compatis-
sant, à tout âge une jeune fille
touche le cœur d'un homme ; il
lui offrait même de parler pour
elle à son riche locataire, mais en
lui faisant sentir cependant qu'il
avait intérêt de le ménager plus que
la pauvre Julie , qui ne pourrait
plus peut-être lui payer seulement
sa petite chambre de la mansarde;
elle le conjura d'avoir pitié d'elle et
de tâcher de toucher le cœur de

Lemberg; le vieillard y alla d'abord,
et Julie attendit son retour dans des
angoisses que les duretés de Mme
Ekelin ne calmèrent pas; son mari
revint bientôt, et seulement en le
voyant entrer, Julie perdit tout espoir, elle ne retrouva plus sur ses
traits la moindre trace de la pitié
qu'elle avait inspirée. Dès les premiers mots, l'indigne Lemberg lui
avait imposé silence; en lui disant
que Julie n'avait aucune preuve
contre lui; qu'un jeune homme
aurait bien à faire de se charger des
enfans de toutes les filles faciles et
que s'il voulait le conserver chez lui,
il le prioit de ne plus se mêler de
cette affaire, que, pour faire sortir
une personne qui déshonorait sa
maison : d'après ce propos, l'honnête

bourgeois revenait avec de grands
doutes sur la véracité de Julie, car
disait-il, il n'y a qu'à voir Mr. de
Lemberg et sa belle physionomie
pour être sûr qu'il ne ment pas;
mais cette fois Mme. Ekelin fut plus
juste et prit parti pour la pauvre
Julie; elle savait en sa conscience,
dit-elle à son mari, que jamais aucun
autre homme que le beau Lemberg
était entré chez Julie, elle lui con-
seilla de porter sa plainte devant les
tribunaux. Malgré sa répugnance pour
ce parti, Julie n'en avait plus d'autre
à prendre, il fallut s'y résoudre;
Lemberg fut sommé de paraître, et
le plus beau et le plus vil des hommes
prêta un serment solennel de n'avoir
jamais approché de Julie; d'après les
lois du pays, ce serment ou plutôt

ce parjure le libérait de toute obli-
gation envers la mère et l'enfant ;
Julie n'entendit pas son arrêt ; dès
les premiers mots du serment elle
perdit connaissance , et lorsqu'elle
reprit ses sens ; elle se trouva dans
les bras de la femme respectable et
sensible qui lui avait avancé de l'argent,
elle était venue avec le projet de lui
reprocher son inconduite et de l'avoir
trompée par une fausse vertu , mais
en la voyant elle ne put que la
plaindre ; Julie lui conta ce qui s'étoit
passé entre elle et Lemberg et Mme.
de B. , se reprocha de n'avoir pas
fait son envoi plus tôt , et promit à
l'infortunée d'avoir soin d'elle et de
la protéger ; mais son cœur était
blessé à mort ; elle donna la vie à
un fils , le portrait de Lemberg, qui

mourut au bout de trois mois, et sa
mère, qui n'avait plus qu'un souffle
d'existence et qui n'avait pu se consoler, le suivit au tombeau.

Lemberg, ayant fini ses études, se
mit en possession de ses biens qui
consistoient en trois belles terres,
il obtint une charge considérable,
et il épousa une riche héritière au
milieu de sa prospérité; Julie fut
complètement oubliée. Son ami
Wisfeld, qui lui avait prêté les cent
écus, avait eu des malheurs, essuyé
des banqueroutes et se trouvait très-
géné dans ses affaires : un jour dans
un pressant besoin d'argent, il se rappela les cent écus prêtés à Lemberg
et lui écrivit très-honnêtement, pour
le prier de les lui rendre : Lemberg
ne lui répondit point; les inquié-

tudes et les chagrins occ asion-
nèrent peu-à-peu une maladie à
Wisfeld qui termina sa carrière ;
il laissa une veuve-et trois enfans,
dans un dénuement complet ; on
trouva dans son bureau le billet de
cent écus ; on écrivit au riche Lemberg , qui répondit qu'il ne devait
rien ; on l'appela en justice, il parut
en personne, reconnut son billet et
avoua qu'il avait reçu les cent écus ;
mais, continua-t-il, le billet et la
dette sont nuls , puisque les lois
du pays annullent tout billet fait
par un mineur et je n'avois que
vingt ans quand j'ai fait celui-ci.

Les juges stupéfaits se regardèrent
en silence ; ils essayèrent ensuite
sur lui les motifs de l'honneur et de
la pitié, tout fut inutile ; ils furent

obligés, d'après les lois, de donner
gain de cause au plus méprisable des
hommes, mais en même-tems ils se
cottisèrent tous pour donner à la
pauvre veuve, victime de cette injuste loi, les cent écus qui lui étaient
dûs; on se rappela alors l'histoire de
la pauvre Julie et du serment, qui
fut jugé par tout le monde n'avoir
été qu'un parjure; le mépris général
fut la punition du beau Lemberg
sur cette terre, en attendant celle
qu'il recevra, sans doute, du Dieu
de vérité: les juges firent écrire en
détail sur leurs registres les indignes
procédés du beau Lemberg, et son
portrait en miniature, qu'on put se
procurer et qu'on attacha au bas
du registre est devenu la leçon la
plus forte, de ne plus se fier aux
physionomies.

L'HONNÊTE VOLEUR.

SECONDE HISTOIRE.

LE Duc de ***, l'un des plus riches pairs de la Grande-Bretagne,
allait de Londres à l'une de ses
terres, il n'était accompagné que d'un
seul domestique. A peine étaient-ils
à six mille de la ville, qu'en passant
un petit bois, il se vit entouré de
six hommes à cheval; deux s'assu-
rèrent du domestique, deux autres
tinrent le cocher en respect, et les
deux derniers, postés aux deux por-
tières de la voiture du carosse mirent le pistolet sur la poitrine du
Duc ; votre porte-feuille, Milord,
dit un des voleurs qui avait une
physionomie si horrible qu'elle ef-

frayait presque autant que son pistolet ; le Duc tira de sa poche une
bourse bien garnie et la lui donna.
Votre porte - feuille , Milord , dit
l'homme affreux , en prenant la
bourse de la main gauche et armant
son pistolet de la droite ; le Duc
voyant qu'il y alloit de sa vie et qu'il
n'avoit aucun secours à attendre ,
sortit son porte-feuille avec le plus
grand sang - froid et le lui remit ;
le voleur l'ouvrit, le visita avec soin
et y mit assez de tems pour que le
Duc eut tout le loisir de considérer
l'épouvantable visage de cet homme ;
jamais ce seigneur n'avait vu des
yeux plus petits , plus enfoncés et
plus louches , un nez plus écrasé
par le haut et plus fourchu, un
front plus avancé , une bouche plus

càrrée , des lèvres plus serrées et plus retombantes , des joues plus enfoncées , un menton plus pointu : En vérité, pensoit-il , la nature l'a marqué pour le métier qu'il fait, il serait honnête homme qu'on ne voudrait pas le croire, le voleur tira les papiers du porte-feuille , et le rendit au Duc ; bon voyage, Milord , lui cria-t-il , en s'éloignant de lui à bride abattue et tournant du côté de Londres. Le Duc arriva chez lui ; heureux d'en être quitte pour une perte d'argent , il visite son porte-feuille où il avait deux mille cinq cents livres sterlings en billets de banque , il fut tout étonné d'en trouver encore cinq cents. Il raconta cette aventure à ses amis , en ajoutant, je donnerais ces cinq cents livres, qu'il a sans doute oublié de prendre, pour avoir son portrait et l'ajouter à l'ouvrage de Lavater sur les physionomies, que j'ai acquis dernièrement, ce serait un des meilleurs argumens en faveur de son système. Il avait oublié cette aventure, lorsque se trouvant à Londres ; il reçut par la petite poste la lettre suivante :

MILORD,

« Vous connaissez ma figure, et
» ce n'est pas ce que j'ai de mieux ;
» j'ai vu que vous en étiez frappé,
» et je vais me faire connaître inté-
» rieurement à votre seigneurie : Je
» suis un pauvre juif Allemand ; le
» petit Prince dont j'étais sujet nous

» suçait la bourse et tout ce que
» nous pouvions avoir et gagner,
» pour entretenir ses maîtresses,
» ses meutes, et sa petite cour.
» Excédé des extorsions aux quelles
» nous étions en butte, je partis
» avec cinq autres juifs pour l'An-
» gleterre, je tombai malade en
» route, le bâtiment qui nous con-
» duisait fit naufrage sur les côtes,
» mes camarades se sauvèrent à la
» nage, mais moi, affaibli par la ma-
» ladie j'allais infailliblement périr;
» lorsqu'un homme qui était sur le
» rivage voyant ma détresse, en-
» treprit de me sauver, il se jetta à
» la mer, vint jusqu'à moi en nageant,
» me saisit au moment où j'allais
» enfoncer et me ramena à bord

» en courant lui même les plus grands
» risques ; il me conduisit dans sa
» maison, me nourrit, fit venir un
» médecin, me prodigua ses secours
» et ses soins, comme aurait pu le
» faire un frère ; c'était un fabricant
» en laine, marié et père de douze
» enfans; je guéris chez lui, et, mal-
» gré ma laideur, toute cette famille
» m'aimait; ils ne me demandèrent
» d'autre rétribution que d'aller les
» voir de tems en tems ; je rejoignis
» mes camarades ; nous cherchâmes
» quelques petites occupations hon-
» nêtes qui pussent nous faire vivre
» sans être à charge à personne ;
» ma seule recréation était de faire
» quelques visites à mon bienfaiteur.
» Un jour que je remplissais ce

Tome II. 19

» devoir , je le trouvai triste et
» abattu, c'était au commencement
» des troubles d'Amérique; il avait
» expédié à Boston pour huit mille
» livres sterlings de marchandises, et
» les négocians de cette ville, aux
» quels il les avait confié, refusaient
» de le payer ; il m'avoua qu'une
» lettre de change tirée sur lui était
» échue dans quatre semaines et
» qu'il était complètement ruiné
» et perdu s'il ne la payait pas ;
» je fut consterné; hélas! j'étais hors
» d'état de l'aider pour une somme
» aussi considérable , n'ayant moi
» même strictement que de quoi
» vivre , mais je pensai que je lui
» devais la vie, et je pris la réso-
» lution de l'exposer pour lui, —

» un hazard m'avait appris, Milord,
» que vous deviez avoir avec vous
» une somme considérable ; je m'as-
» sociai les cinq juifs avec qui j'étais
» venu d'Allemagne, et sur qui je
» pouvais compter, comme eux sur
» moi, nous louâmes de bons che-
» vaux, nous achetâmes des pisto-
» lets, je les conduisis à l'endroit
» du chemin par où vous deviez
» passer dans un petit bois, où
» j'avais projetté de vous attendre.
» Vous vous ressouvenez sans doute
» de ce qui s'y est passé, je pris
» deux mille livres dans votre porte-
» feuille, j'en trouvai cent et dix
» dans la bourse, j'avais fait, il y
» avait quelques jours, une bonne
» affaire qui m'en avait valu qua-

» rante ; je pus donc envoyer à mon
» ami deux mille cent cinquante livres
» à quoi se montait la lettre de chan-
» ge ; je les lui envoyai avec une lettre
» anonyme, où je lui disois qu'on de-
» manderait le remboursement quand
» il serait en état de le faire ; je lui
» indiquai un moyen de faire par-
» venir le reçu de la somme et la
» promesse de l'acquitter dès qu'il
» le pourrait, ce billet, Milord, fut
» d'abord endossé à votre ordre pour
» vous être remis dans le cas où je
» viendrais à mourir avant que vous
» fussiez remboursé ; je sauvai mon
» bienfaiteur pour le moment ; mais
» les Américains ne l'ont point payé,
» et il est mort, il y a huit jours,
» insolvable. Dans l'espoir de réta-

» blir ses affaires et ne voulant pas em-
» ployer encore le dangereux moyen
» dont j'avais usé une fois ; j'avais
» mis à la Loterie, j'eus le bonheur,
» deux jours après la mort de mon
» bienfaiteur, de gagner un lot de
» quatre mille livres, ce n'était pas
» assez pour aider la famille et pour
» vous rembourser, Milord, ce que
» je vous ai emprunté, d'une manière
» illicite, il est vrai, mais avec la ferme
» intention de vous le rendre une
» fois et n'ayant jamais eu celle de
» vous faire d'autre mal que la peur,
» je vous proteste, devant le Dieu
» de mes pères, que lorsque nous
» vous assaillîmes dans le petit bois,
» aucun de nos pistolets n'était chargé;
» vous trouverez, ci joint à cette lettre,

» les deux mille cent et dix livres
» qui vous furent volées, avec les
» intérêts à dater de ce jour jusqu'à
» celui où je vous les rends. Plus
» mille livres que je confie à votre
» bonté pour les envoyer sûrement à
» la famille Forecter à Southampton,
» c'est celle de ce malheureux ami
» qui n'est plus et qui a laissé ses
» nombreux enfans et sa veuve dans
» un dénuement complet. Avec le
» peu qui me reste, nous allons,
» mes cinq camarades et moi, re-
» tourner en Allemagne et chercher
» les moyens d'y vivre, nous serons
» en pleine mer et bien éloignés,
» quand cette lettre vous parviendra.
» Le Dieu d'Abraham, d'Isaac et
» de Jacob, veuille vous bénir et

» mettre dans votre cœur de me
» pardonner mon emprunt forcé et
» le mauvais quart d'heure que je
» vous ai fait passer, lors même que
» mon billet de loterie eût été
» blanc vous auriez reçu plus tard
» votre argent en tout ou en partie;
» j'y aurais consacré mon existence
» et mon travail et j'étais décidé à
» ne pas me reposer, à mettre sou
» sur sou, à ne vivre que de pain
» et d'eau jusqu'à ce que j'eusse
» atteint ce but. »

» Votre humble serviteur. »

Aaron BALTHAZAR.

Le Duc envoya les mille livres du
vertueux Israëlite à la famille du
pauvre fabricant en laine et prit des
informations sur le contenu de la
lettre qui se trouva parfaitement vrai;
la veuve Forecter, qu'il voulut voir
lui même, lui dit que lorsque son
mari lui amena ce naufragé, son
horrible physionomie les avait tous
effrayés; mais qu'ils avaient bientôt
reconnu que son ame était aussi
belle que son visage était hideux.
Le Duc versa des bienfaits sur cette
infortunée famille et c'était sans
doute dans ce but que le juif l'avait
chargé des mille livres qu'il voulait
leur donner. Milord Duc disait
souvent en racontant cette histoire:
je donnerais à l'instant cent guinées

pour avoir le portrait de ce Juif si laid et si vertueux, et mille à qui me l'aménerait en personne, pour montrer la plus forte preuve contre l'absurde système des physionomies.

FIN DU SECOND VOLUME.

TABLE

Des Nouvelles contenues dans le
second volume.